Este livro pertence a:

..................................

© 2010 Igloo Books Ltd.
Primeira edição impressa no Reino Unido por Igloo Books
Histórias recontadas por Joff Brown
Ilustrações: Robert Dunn, Roger Langton e Sara Silcock

© 2024 desta edição:
Ciranda Cultural Editora e Distribuidora Ltda.
Tradução: Monique D'Orazio
Editora: Jamille Gentile
Preparação de texto: Karina Barbosa dos Santos
Revisão: Angela das Neves, Vanessa Almeida e Jamille Gentile
Diagramação: Stefany Borba

1ª Edição em 2024
www.cirandacultural.com.br
Todos os direitos reservados. Nenhuma parte
desta publicação pode ser reproduzida, arquivada
em sistema de busca ou transmitida por qualquer
meio, seja ele eletrônico, fotocópia, gravação ou
outros, sem prévia autorização do detentor dos
direitos, e não pode circular encadernada ou
encapada de maneira distinta daquela em que
foi publicada, ou sem que as mesmas condições
sejam impostas aos compradores subsequentes.

# Histórias Fantásticas para Garotos

O ovo do dragão ............................................................... 6

O cavaleiro mecânico ...................................................... 14

O cavaleiro e o dragão .................................................... 22

A cocatrice ....................................................................... 30

O isqueiro ........................................................................ 38

A espada do ferreiro ....................................................... 46

Os duendes e o dragão .................................................. 54

A espada na pedra .......................................................... 62

O dragão e o ladrão ........................................................ 70

O aprendiz de feiticeiro .................................................. 78

O dragão covarde ........................................................... 86

A serpente do mar .......................................................... 94

A torre do cavaleiro ........................................................ 102

O cavaleiro troll .................................................................... 108

O dragão de fogo ................................................................ 116

A missão do bobo da corte ................................................ 122

O cavaleiro do leão dourado .............................................. 130

Sir Ricardo e o Cavaleiro Vermelho ................................... 138

Sir Galvão e o Cavaleiro Verde .......................................... 146

O cavaleiro de gelo ............................................................. 154

*Histórias fantásticas para garotos*

# O ovo do dragão

Era uma vez dois dragões que foram pegos em uma terrível tempestade durante um voo e foram soprados para longe de seu lar nas montanhas. Os dois dragões eram pais de um ovo que a mamãe estava carregando em suas garras. De repente, ela foi atingida por um enorme raio no céu e, com um grito terrível, ela deixou cair o ovo. O ovo rolou pelas nuvens de chuva até chegar ao chão, lá embaixo. Quando a tempestade terminou, os dragões procuraram o ovo por toda parte, mas não conseguiram encontrá-lo.

– Os ovos de dragão são mais fortes do que o aço – disse o pai dragão. – Um dia ainda poderemos reencontrar nosso filho.

Lá no fundo dos vales, um jovem chamado João vivia em uma pequena fazenda com seu pai e sua mãe. Na noite da tempestade, houve um terrível estrondo, mas João dormia tão tranquilamente que não ouviu. Porém, de manhã, quando acordou, encontrou um buraco no teto do quarto e um objeto enorme no pé da sua cama.

– O que será que é? – João se perguntou. Ele não sabia que se tratava do ovo perdido.

João estava levando o ovo grande para fora quando sentiu algo se movendo no interior. Ele levou um susto tão grande que derrubou o ovo, fazendo a casca rachar. De repente, apareceu uma cabeça pela rachadura e, então, um jovem dragão vermelho-vivo saiu da casca. Ao ver João, o dragão correu até ele, derrubou-o e começou a lamber seu rosto, como se fosse um cachorrinho.

## O ovo do dragão

**Histórias fantásticas para garotos**

João levou o dragão para mostrar aos seus pais.

– Vou ficar com ele como meu animal de estimação – disse João.

Porém, ter um dragão não era tão fácil assim. Quando espirrava, ele cuspia uma explosão de labaredas! Quando o jovem dragão batia as asas, quase quebrava tudo na casa! Além disso, o dragão vermelho começou a crescer sem parar, dia após dia, até que ficou maior do que o próprio João!

– Sei que você gosta do dragão – disseram os pais de João –, mas não podemos ficar com ele aqui.

– Ele nunca vai sobreviver se a gente o soltar – respondeu João. – Vou levá-lo de volta às montanhas onde os dragões vivem. Talvez ele possa encontrar os pais dele lá.

O pai de João levou um pedaço grande do ovo de dragão para o ferreiro. O homem mal conseguia fazê-lo dobrar, mesmo no calor incandescente de sua forja. Apesar disso, com insistência e algum tempo depois, ele conseguiu moldá-lo em um escudo que o pai de João deu de presente ao filho.

– Isso vai proteger você dos inimigos – disse ele.

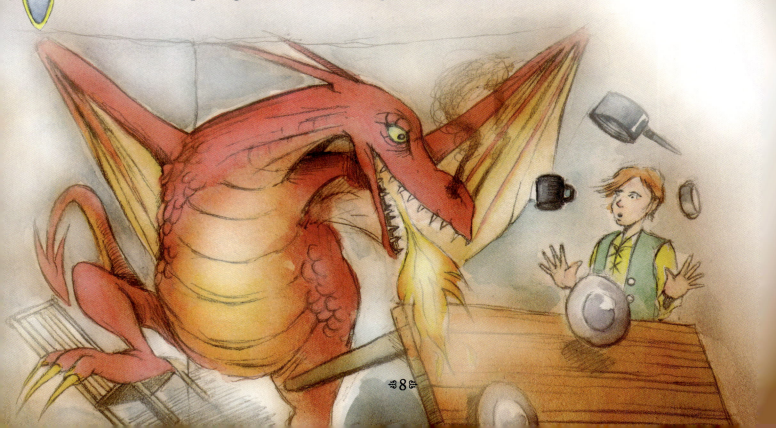

# O ovo do dragão

João e o dragão partiram dos vales verdejantes em uma longa jornada em direção às montanhas. Quanto mais subiam, mais frio ficava; mas, todas as noites, João se mantinha aquecido dormindo ao lado do dragão, que tinha uma barriga tão quente quanto uma fornalha!

Eles seguiram por um caminho sinuoso através dos campos até adentrarem uma floresta profunda e chegarem a um lugar sem saída. A tempestade havia derrubado uma árvore enorme no meio do caminho, e eles não tinham como atravessar. João tentou cortar a árvore com seu poderoso machado, mas ela era grande demais e não se partiu. O garoto estava prestes a desistir quando viu o jovem dragão enchendo os pulmões de ar. João saiu do caminho com um salto, bem a tempo de evitar a respiração de fogo do dragão. Em questão de segundos, o fogo transformou a árvore em cinzas e o caminho estava livre novamente.

❦ Histórias fantásticas para garotos ❦

O caminho para as montanhas começou a fazer curvas e a contornar penhascos íngremes e abismos profundos e perigosos na terra.

Às vezes, João e o dragão tinham que atravessar pontes minúsculas e precárias. Não demorou muito para chegarem a uma fenda tão profunda que parecia não ter fundo. A ponte de corda sobre a fenda rangia e torcia enquanto eles a atravessavam, pois o dragão era pesado demais para a ponte. De repente, quando João e o dragão estavam no meio da travessia, a ponte se rompeu.

João caiu gritando na fenda da montanha. Ele pensou que ia bater no chão gelado lá embaixo, mas então sentiu garras em seus ombros. Lentamente, ele começou a subir. O dragão estava voando e o puxando para cima.

Quando chegaram ao outro lado da fenda, João agradeceu ao dragão exausto, mas o animal estava ocupado farejando o ar. De repente, o dragão correu em direção a uma montanha repleta de cavernas profundas.

## O ovo do dragão

João tentou segui-lo, mas, de repente, uma grande sombra caiu sobre ele. Ele olhou para cima e viu um enorme dragão verde. O dragão rugiu quando viu o garoto e cuspiu uma enorme rajada de fogo na sua direção.

João levantou seu escudo de ovo de dragão para se proteger do fogo. Mesmo assim, o dragão verde rugiu outra vez e tentou abocanhá-lo. João agitou seu machado corajosamente, mas achou que logo seria devorado.

De repente, João ouviu um rugido mais baixo. Era o jovem dragão vermelho!

O dragão voou até João ao lado de outro dragão vermelho e bem maior que ele. Quando o dragão verde os viu, parou de atacar João. Em seguida, o dragão verde voou até o dragão vermelho jovem e o acariciou com muito afeto.

*Histórias fantásticas para garotos*

"O grande dragão vermelho e o dragão verde devem ser os pais dele", pensou João. Mesmo muito assustado, João seguiu os dragões de volta para a caverna deles.

— Desculpe por tê-lo atacado – disse o dragão verde. — Obrigado por resgatar nosso filho. Aceite este tesouro como recompensa.

O dragão empurrou um monte cintilante de joias e ouro na direção de João. No entanto, João estava tão exausto que nem conseguia agradecer ao dragão. Ele simplesmente desabou sobre o monte de tesouros, em um sono profundo.

Quando acordou, João descobriu que não estava mais na caverna: estava de volta ao chalé de seus pais. O grande dragão verde havia levado o garoto adormecido até em casa. Também havia trazido o ouro e as joias no voo, em um saco ao redor do pescoço.

João se despediu do dragão, que voou de volta para as montanhas para se juntar à sua família. O dragão vermelho cresceu e se tornou um monstro poderoso, mas nunca esqueceu João. Por isso, ele voltava à montanha com frequência para ver o garoto. Com sua parte do tesouro do dragão, João e sua família viveram felizes para sempre.

## O ovo do dragão

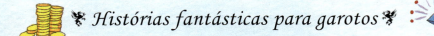 *Histórias fantásticas para garotos*

# O cavaleiro mecânico

Era uma vez um pobre fabricante de brinquedos que tinha um filho e não tinha filhas. O fabricante fazia brinquedos maravilhosos, como bonecas de corda que caminhavam, dragões de madeira que rugiam e marionetes que pareciam quase reais. Mas o fabricante vendia seus brinquedos por tão pouco que ele e seu filho mal tinham o suficiente para comer.

Um dia, Pedro, o filho do homem, ouviu falar sobre um grande tesouro que havia dentro de uma enorme fortaleza protegida por um dragão. Para chegar lá, era necessário uma jornada de muitos dias.

— Devo ir e encontrar o tesouro – disse Pedro. – Assim, não seremos mais pobres.

— Antes de você ir – disse o pai –, vou criar um companheiro para manter você a salvo do perigo.

O homem trabalhou em sua oficina por muitos dias. Com suas últimas moedas, ele comprou folhas de latão e as transformou em braços e pernas. Então, pegou engrenagens de relógio e as transformou em um coração e mente mecânicos. Em seguida, ele pegou um capacete de latão e o moldou na forma de um rosto. Quando terminou, havia criado um cavaleiro mecânico, tão grande quanto Pedro. O cavaleiro se movia com alguma rigidez, mas podia andar, falar e até lutar com sua espada de latão.

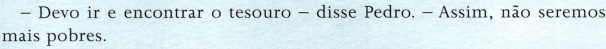

# O cavaleiro mecânico

*Histórias fantásticas para garotos*

    Pedro e o cavaleiro mecânico partiram em sua jornada. Ao final do primeiro dia, acamparam em um terreno rochoso.

    – Vá dormir – disse o cavaleiro mecânico. – Eu vou ficar de guarda contra perigos. – O cavaleiro mecânico não precisava dormir. Assim, ele protegeu Pedro durante toda a noite.

    Na manhã seguinte, Pedro virou a grande chave que o cavaleiro mecânico tinha nas costas e deu corda nele antes de partirem novamente. Enquanto viajavam por um desfiladeiro rochoso, foram atacados por dois trolls de orelhas longas e nariz comprido. O cavaleiro mecânico sacou sua brilhante espada de latão e derrubou os trolls antes mesmo que Pedro pudesse se mexer.

    – Obrigado por me salvar – disse Pedro. – Você é um companheiro corajoso.

    O cavaleiro mecânico se curvou rigidamente.

 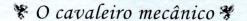  

## O cavaleiro mecânico

Pedro e o cavaleiro mecânico continuaram sua jornada por muitos dias, até chegarem a uma fortaleza com um grande fosso ao redor. De uma janela na torre mais alta, Pedro podia ver o brilho do ouro.

— O tesouro está lá dentro – disse Pedro. – Como podemos atravessar o fosso? Eu não sei nadar.

— Eu também não sei – disse o cavaleiro mecânico. – Mas talvez eu não precise.

Sem dizer mais uma palavra, ele entrou no fosso. Por ser de corda, não precisava de ar para respirar. Então, o cavaleiro conseguiu andar pelo fundo do fosso e sair do outro lado. Em seguida, ele baixou a ponte levadiça para Pedro atravessar.

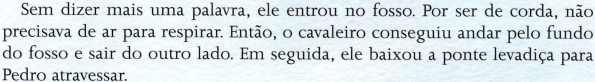

Dentro do castelo, um poderoso dragão guardava a passagem que levava à torre e ao tesouro. Era um dragão medonho, com grandes presas que se curvavam para baixo, bem além de suas mandíbulas gigantescas.

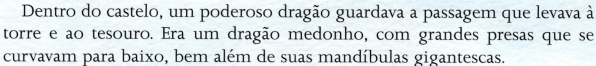

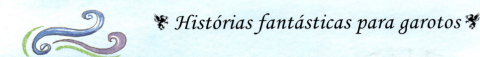  

Pedro pegou sua espada.

— É hora de eu lutar contra o dragão – disse ele, nervoso.

— Espere – disse o cavaleiro mecânico, fazendo todas as engrenagens de sua mente de corda funcionarem para encontrar um jeito de passar pelo dragão. De repente, ele teve uma ideia e disse para Pedro:

— Mestre, quando você notar que o dragão está distraído, corra para a passagem.

Antes que Pedro pudesse responder, o cavaleiro mecânico correu até o dragão, empunhando sua espada. Quando o dragão tentou agarrar o cavaleiro com suas garras, este não fez nada. Em vez disso, deixou o dragão morder seu corpo de latão com as longas presas.

— Suba as escadas, Mestre! – gritou o cavaleiro mecânico.

Mas Pedro viu que o dragão estava danificando o cavaleiro mecânico. Com um grande grito, Pedro correu até o dragão e golpeou a barriga dele com sua espada. Uivando de dor, o dragão largou o cavaleiro e voou para o céu, afastando-se deles no horizonte.

## O cavaleiro mecânico

Pedro ajoelhou-se ao lado do cavaleiro mecânico, que estava amassado e arranhado, e com as pernas tão tortas que mal conseguia ficar de pé.

— Por que me salvou? — perguntou o cavaleiro mecânico. — Você poderia ter corrido pela passagem e pegado o tesouro.

— Você me salvou dos trolls e atravessou o fosso por mim — disse Pedro. — Você é um verdadeiro amigo, e amigos não abandonam uns aos outros.

Pedro ajudou o cavaleiro mecânico a subir as escadas até o quarto no topo da torre mais alta. O tesouro estava empilhado em grandes montes: esmeraldas, safiras, rubis e todos os tipos de correntes de ouro, coroas e pulseiras. Em um canto, havia uma grande lareira repleta de chamas ferozes.

— Você terá que me deixar aqui — disse o cavaleiro mecânico, triste. — Minhas pernas estão muito tortas para você me levar para casa.

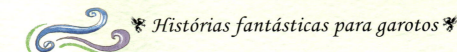  

**Histórias fantásticas para garotos**

— Talvez sim — disse Pedro, olhando para todo o ouro —, e talvez não.

Naquela noite, Pedro derreteu todo o ouro nas grandes chamas. Em seguida, martelou-o e o moldou em forma de pernas. Depois, tirou as antigas pernas de latão do cavaleiro mecânico e fixou as de ouro no lugar.

— Experimente agora — disse Pedro.

O cavaleiro mecânico levantou-se. Ele moveu seus novos dedos de ouro, depois seus pés de ouro, depois seus joelhos de ouro. Logo, descobriu que podia andar, pular e até correr! Ele fez uma dancinha engraçada de alegria.

— Minhas novas pernas são perfeitas — disse o cavaleiro mecânico. — Agora podemos ir para casa.

Pedro e o cavaleiro reuniram todo o tesouro que puderam carregar. Eles viajaram por muitos dias, até voltarem para a casa do pai do garoto, e o cavaleiro mecânico vigiou Pedro todas as noites, com suas pernas de ouro brilhando à luz da lua.

Quando o fabricante de brinquedos os viu retornando com o tesouro, saiu correndo de sua loja e abraçou os dois.

— Nunca mais passaremos fome — disse o homem.

Como recompensa por seu trabalho árduo, o cavaleiro mecânico foi polido até brilhar, e seu coração de corda inchou tanto que quase explodiu de seu peito de latão. E Pedro, o fabricante de brinquedos e o cavaleiro mecânico viveram felizes para sempre.

## O cavaleiro mecânico

*Histórias fantásticas para garotos*

# O cavaleiro e o dragão

Há muito tempo, um casal de nobres teve um filho chamado João. O garoto odiava qualquer tipo de trabalho e adorava ficar preguiçoso pelos campos nos arredores do vilarejo. Ele nunca ajudava seus pais quando eles visitavam os moradores locais. Sempre arranjava uma desculpa para ficar em casa.

Certo domingo, João fingiu estar doente para poder fugir do trabalho e passar o dia todo brincando na floresta. Enquanto estava subindo em uma árvore, viu uma serpente de aparência estranha enrolada em um galho. Suas escamas eram vermelhas, e as presas, afiadas. João pegou a serpente, mas ela tentou dar o bote.

"Esta cobra pode ser perigosa", João pensou. "Devo levá-la para casa e colocá-la em uma jaula. Assim, ela não vai causar problemas".

Mas a cobra era escorregadia demais para segurar, então João a jogou em um poço próximo.

# O cavaleiro e o dragão

*Histórias fantásticas para garotos*

"Com certeza, ela não poderá machucar ninguém lá embaixo", refletiu ele.
Anos se passaram, e a serpente cresceu cada vez mais dentro do poço. Ela desenvolveu escamas, chifres e grandes pés com garras tão grandes quanto facas. Seus dentes afiados também ficaram cada vez maiores. Logo, a serpente não era mais uma serpente – era um dragão!

Um dia, o dragão saiu do poço sem ninguém ver e abocanhou insetos e pássaros. Conforme ele crescia cada vez mais, começou a comer coelhos, depois cervos, até que começou a se infiltrar nos campos e roubar ovelhas.

Certa noite, ele se enrolou com seu corpo longo em torno de uma colina atrás do vilarejo da região e foi dormir. Quando os moradores do vilarejo

## O cavaleiro e o dragão

viram o dragão na manhã seguinte, ficaram aterrorizados. Eles marcharam até a mansão real e bateram na porta.

— O senhor deve nos salvar do dragão! — eles gritaram.

Quando o dragão acordou, foi deslizando até a mansão. Jatos de chamas saíam de suas narinas e um vapor sibilante escapava de suas mandíbulas escancaradas. Quando os moradores da vila o viram, bateram à porta da mansão. Um mordomo sonolento destrancou a grande porta e ficou surpreso quando todos os moradores do vilarejo entraram correndo e fecharam a porta. O dragão uivou e bateu do lado de fora em um ataque de fúria.

A dama da mansão teve uma ideia inteligente. Ela pediu aos moradores que corressem até o celeiro de ordenha e despejassem todo o leite do dia em um cocho fundo. Quando o dragão viu o leite, bebeu tudo e procurou mais.

## Histórias fantásticas para garotos

Ao perceber que o leite havia acabado, rugiu e voltou furtivamente para sua colina para tirar uma soneca.

A partir de então, todos os dias, o dragão bebia todo o leite do vilarejo e dormia, mas ainda rasgava os campos, derrubava casas e assustava ovelhas e vacas. Muitos cavaleiros e heróis vieram para derrotá-lo, mas o dragão sempre vencia.

Nesse meio-tempo, João havia se tornado um grande cavaleiro. Quando voltou para casa, seus pais lhe contaram sobre o dragão e ele foi ver a colina onde a criatura ficava. Então, percebeu que o dragão era a mesma serpente que ele havia encontrado muitos anos atrás. Os pais de João lhe contaram sobre

## O cavaleiro e o dragão

todos os heróis que haviam falhado em derrotar o dragão, mas João sabia o que fazer.

— Este é um tipo especial de monstro – ele disse – e vamos precisar de algo especial para derrotá-lo.

Então, o garoto falou com o ferreiro do vilarejo e pediu a ele que fizesse uma nova armadura com algumas partes muito incomuns.

No dia seguinte, a forja no vilarejo ressoava com o som do aço, enquanto o ferreiro fabricava a armadura especial. Ninguém jamais tinha visto uma armadura como aquela. Tinha espinhos despontando dela em todos os ângulos. Quando estava completa, João a vestiu. Ele ficou um guerreiro assustador de se ver.

Rangendo e tinindo, João caminhou até a colina do dragão. Ele agitou sua espada e gritou para a fera. O dragão ergueu a cabeça enorme e rugiu, antes de escorregar do morro.

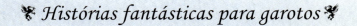
*Histórias fantásticas para garotos*

João marchou em direção ao dragão, gritando o tempo todo. Rápido como um relâmpago, o dragão enrolou seu corpo em torno de João. O garoto movimentou a espada para acertar a cabeça do dragão, mas a criatura era rápida demais. Ele não conseguia acertar o dragão de jeito nenhum.

O dragão começou a apertar e apertar o corpo de João, mas os espinhos na armadura do garoto se cravaram no dragão e o feriram. Quanto mais o dragão apertava, mais dor ele sentia. Em vez de fugir ou usar suas chamas assustadoras, o dragão tolo continuava apertando.

A batalha continuou o dia todo, até que o dragão ficou tão cansado e machucado que desenrolou e deslizou furtivamente para longe, e nunca mais voltou.

Os moradores do vilarejo ficaram radiantes, pois finalmente estavam seguros. João tornou-se um herói e todos viveram felizes para sempre.

# O cavaleiro e o dragão

29

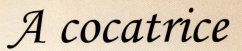

# A cocatrice

Há muito tempo, em uma vila pacata, havia uma antiga abadia à beira de um rio que estava vazia fazia muitos anos. Ninguém se aproximava dela, e alguns dos aldeões até diziam que era assombrada. As únicas coisas vivas que vagavam por aquelas ruínas escuras eram os patos e os gansos do rio.

Um dia, uma pata botou um ovo que rolou para um buraco escuro e úmido nas ruínas. O buraco levava à cripta, um espaço embaixo da abadia que estava cheio de túmulos antigos. O ovo ficou lá até que um sapo gordo pulou e sentou nele até chocar.

Quando um sapo choca um ovo de pata, especialmente em um lugar tão escuro e misterioso, algo muito estranho acontece. Quando o ovo chocou, saiu dele uma pequena criatura escamosa parecida com um dragão. Suas asas eram cobertas de penas verdes, mas havia quatro patas escamosas e uma longa cauda semelhante a um chicote. Sua cabeça era um pouco como a de um pássaro estranho, mas seus olhos brilhavam vermelho-vivo, como carvões incandescentes. Era uma cocatrice.

A cocatrice vivia na cripta da abadia e comia todas as pequenas criaturas que encontrava. Depois de um tempo, ela havia crescido tanto que ficou do tamanho de um crocodilo. Então começou a sair da cripta à noite, em busca de animais maiores para comer.

## A cocatrice

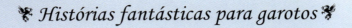 

## Histórias fantásticas para garotos

Logo, os aldeões estavam contando histórias de uma estranha criatura semelhante a um dragão que roubava ovelhas dos campos. Não demorou muito até que um pastor fosse encontrado no meio de um campo em uma manhã, imóvel e frio. Ele havia sido transformado em pedra pelo olhar da cocatrice.

Os aldeões ficaram muito assustados. Eles não saíam à noite com medo de verem os olhos vermelhos da cocatrice e serem transformados em pedra também.

O prefeito da vila ofereceu um grande lote de terra para quem conseguisse matar a fera. Não demorou muito para que todos começassem a pensar em como poderiam ganhar a terra e se tornar heróis.

— Dizem que as cocatrices não conseguem matar doninhas — comentou um aldeão.

— Bobagem! — disse outro. — Todo mundo sabe que uma cocatrice morre ao ouvir o galo cantar.

O único homem na vila que não parecia se importar com a cocatrice era Tom Green. Ele era um fabricante de vidro que passava todo o seu tempo fazendo ornamentos delicados, vidraças para janelas e espelhos.

— Tenho certeza de que a cocatrice irá embora com o tempo — disse ele.

## A cocatrice

Mas os outros aldeões tentaram tudo o que puderam para derrotar o monstro. Um aldeão reuniu doninhas e as soltou pelo buraco. A lenda era verdadeira, e as doninhas pareciam imunes ao olhar maligno da cocatrice.

Porém, a cocatrice simplesmente comeu todas as doninhas, até que não sobrasse nenhuma.

Um homem corajoso até levou um galo à toca da cocatrice. Os aldeões ouviram o galo cantar, mas depois viram o homem correr para fora da toca o mais rápido que pôde.

– O monstro transformou o galo em pedra! – ele ofegou.

Logo, muitos cavaleiros vieram para a vila. Eles vestiram suas pesadas armaduras e empunharam suas grandes espadas. Então, desceram até a cripta escura onde a cocatrice vivia, mas nenhum deles jamais saiu de lá.

*Histórias fantásticas para garotos*

As coisas foram de mal a pior, até que ninguém mais queria visitar a vila, e Tom descobriu também que ninguém mais queria comprar seu vidro. Não havia viajantes para comprar seus ornamentos, e os aldeões fecharam suas janelas com tábuas para evitar que a cocatrice olhasse para dentro; por isso, eles não precisavam mais de vidro para as janelas.

"Já estou farto dessa cocatrice", pensou Tom. "Vou me livrar dela, de uma vez por todas!"

Quando Tom disse aos aldeões que ia matar a cocatrice, todos riram dele.

— Você é apenas um fabricante de vidro — disseram. Mas Tom tinha um plano.

Ele passou semanas e semanas fazendo o maior e melhor espelho que podia. Era tão grande que Tom mal conseguia carregá-lo. O espelho tinha um grande gancho em cima.

Quando o espelho ficou pronto, Tom pegou sua velha espada enferrujada, o espelho e um pedaço de corda. Então, ele baixou o espelho na toca da cocatrice.

## A cocatrice

"Se eu conseguir fazer a cocatrice encarar seu reflexo", Tom pensou, "ela vai se transformar em pedra".

Tom sentou-se na beira do buraco e esperou até ouvir a cocatrice se aproximando do espelho. Porém, quando olhou para o espelho, a cocatrice não morreu, porque era imune ao próprio olhar mortal. Tom Green estava prestes a puxar o espelho para fora e correr o mais rápido que podia, quando notou algo curioso: a cocatrice estava abrindo o bico, chiando e cuspindo no espelho. De repente, ela começou a arranhá-lo e a bater nele também.

"Ela pensa que seu reflexo é outra cocatrice", refletiu Tom. Ele segurou o espelho enquanto a cocatrice dava golpes e arranhões no objeto. Tom quase o deixou cair, mas segurou com toda a força. A cocatrice lutou contra seu reflexo por muitas horas, até ficar completamente exausta. Com um suspiro gigante, a criatura recuou. Seus olhos mortais estavam fechados e ela mal conseguia se mover.

 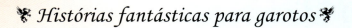 

## Histórias fantásticas para garotos

Rápido como um raio, Tom pulou na toca da cocatrice, e logo viu muitas estátuas de guerreiros.

"Esses devem ser os cavaleiros que ela transformou em pedra", pensou Tom.

A cocatrice ouviu Tom se aproximar e rugiu. Começou a mover as pálpebras, mas antes que ela pudesse abrir os olhos, Tom a golpeou com sua velha espada enferrujada. Assim que a espada tocou a criatura, o corpo dela se transformou em pedra.

Quando os aldeões ouviram a notícia, eles se alegraram. O prefeito deu a Tom o lote de terra e o jovem construiu uma nova fábrica de vidros finos no terreno. As pessoas vinham de longe para comprar suas estatuetas de vidro da cocatrice e ouvi-lo contar a história de como havia derrotado a temível criatura.

# A cocatrice

A cocatrice de pedra foi colocada no topo da abadia e ficou lá por muitos anos, até que se desfez em pó. Mesmo assim, até hoje, ninguém na vila pacata cria patos nem come ovos de pata, só para garantir que nenhum deles choque e se transforme em outra cocatrice cruel!

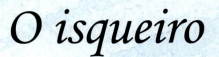

# O isqueiro

Era uma vez um soldado que estava voltando para casa depois da guerra. De repente, ele encontrou uma bruxa idosa.

— Você gostaria de ter tanto dinheiro quanto quisesse? – perguntou a bruxa.

— Eu gostaria muito disso – respondeu o soldado.

— Então desça pelo buraco nesta árvore e você encontrará uma caverna com uma porta no final. Abra-a e você verá um cachorro que guarda um baú cheio de moedas de cobre. Olhe ao redor e você verá outra porta. Atrás dessa porta está um segundo cachorro que guarda um baú de moedas de prata. Em seguida, você verá uma terceira porta. Atravesse-a e logo encontrará um cachorro que vigia um baú de moedas de ouro. Se você pegar esses cachorros e colocá-los no meu avental azul, eles não vão te fazer mal, e você poderá pegar quantas moedas quiser.

— Quanto desse dinheiro vai ser meu? – perguntou o soldado, surpreso.

— Tudo. Eu só quero um pequeno e velho isqueiro que minha avó deixou lá embaixo. É uma caixinha pequena com uma pederneira dentro, para acender fósforos, e é guardada pelo terceiro cachorro.

O soldado desceu por dentro da árvore e abriu a primeira porta. Assim como a bruxa tinha explicado, lá dentro havia um cachorro guardando um baú cheio de moedas de cobre.

# O isqueiro

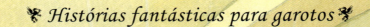

— Bom cãozinho — disse o soldado, pegando o cachorro que rosnava e colocando-o no avental azul que a bruxa havia lhe dado. Ele encheu os bolsos com moedas de cobre, colocou o cachorro de volta e abriu a porta seguinte.

Dentro da sala estava um segundo cachorro que guardava um baú cheio de moedas de prata. O soldado criou coragem, pegou o cachorro e o colocou no avental azul. Em seguia, pegou punhados das moedas de prata.

Ao abrir a porta para a última sala, o soldado encontrou um terceiro cachorro, que guardava um baú cheio de moedas de ouro. Ele rosnava e babava, mas o soldado o pegou e o colocou no avental. O cachorro temível sentou-se quietinho enquanto o soldado enchia os bolsos restantes com ouro.

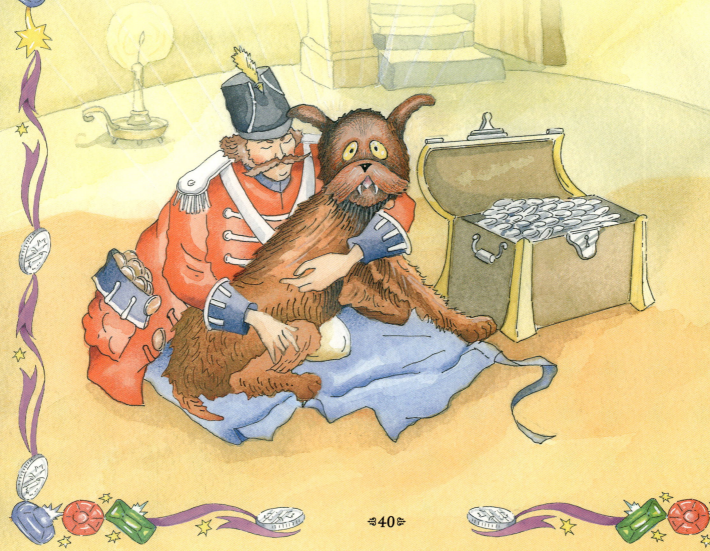

# O isqueiro

O soldado encontrou a pequena caixa com o isqueiro, então fez o caminho de volta até o buraco na árvore.

A bruxa puxou o soldado para fora do buraco na árvore e pediu o isqueiro.

— Por que você quer isso? — perguntou o soldado.

— Apenas me dê o isqueiro! — a bruxa gritou e correu para atacá-lo, usando as unhas como se fossem adagas.

❦ *Histórias fantásticas para garotos* ❦

Mas o soldado era rápido demais para a bruxa. Antes que ela pudesse alcançá-lo, ele empunhou sua espada e a afugentou.

Então, o soldado seguiu em frente até chegar a um vilarejo. Com todo o dinheiro do buraco na árvore, o soldado estava rico. Ele se hospedou em quartos caros, comprou as melhores roupas e comida e logo fez muitos novos amigos.

No meio do vilarejo havia um palácio.

— Uma princesa mora lá – disseram seus amigos. — Existe uma predição dizendo que ela vai se casar com um homem comum. Mas seu malvado pai, o rei, a mantém trancada no palácio.

## O isqueiro

O soldado comprou tantas coisas caras que logo restava pouco dinheiro. Ele foi obrigado a deixar suas acomodações luxuosas e ficar em um sótão velho e frio, e todos os seus novos amigos o abandonaram.

Em um dia frio, o soldado decidiu acender uma fogueira. Ele acendeu o velho isqueiro para obter uma faísca, e o cachorro castanho apareceu!

– Qual é a sua ordem, meu mestre? – rosnou o cachorro.

O soldado ficou encantado.

– Traga-me algum dinheiro – ele disse, e o cachorro correu e, num piscar de olhos, retornou com um saco de moedas de cobre.

O soldado descobriu que se acendesse o isqueiro uma vez, o primeiro cachorro aparecia, e se acendesse duas vezes, o segundo cachorro aparecia. Acendendo três vezes, ele trazia o terceiro cachorro. Logo, o soldado tinha novamente todo o dinheiro que poderia gastar, mas o que mais queria era conhecer a princesa. Assim, naquela noite, ele ordenou ao primeiro cachorro

 *Histórias fantásticas para garotos*

que a trouxesse até ele. O cachorro correu e reapareceu com a princesa em suas costas. Ela era muito bonita. O soldado beijou a mão da princesa, atônita, antes de pedir ao cachorro que a levasse de volta.

— Tive um sonho muito estranho ontem à noite — disse a princesa, no café da manhã do dia seguinte. Quando seu pai, o rei, ouviu o que havia acontecido, ficou desconfiado. Ele decidiu enviar uma criada para vigiar o sono dela.

Na noite seguinte, o segundo cachorro trouxe a princesa para o soldado. A criada viu o cachorro levá-la para a casa do soldado e marcou a porta dele com uma cruz de giz.

Na manhã seguinte, ela levou o rei e a rainha até a porta.

— A princesa entrou nesta casa — disse ela.

Mas todas as casas tinham cruzes de giz! O cachorro esperto havia marcado todas as casas da vizinhança com cruzes de giz para confundir o rei e a rainha.

Na terceira noite, a rainha amarrou um saco de farinha ao vestido da princesa. O soldado enviou o primeiro cachorro para trazer a princesa, mas ele não percebeu o saco derramar farinha. O rei e a rainha seguiram a trilha de farinha até a casa do soldado e o prenderam. O soldado foi arrastado para a prisão sem seu isqueiro.

## ❦ O isqueiro ❦

No dia seguinte, o soldado deveria ser executado. Ele chamou um menino que passava pelas grades da prisão.

— Por favor, busque meu isqueiro.

O menino o trouxe e, quando o soldado estava no cadafalso e prestes a ser executado, ele fez ao rei um último pedido.

— Será que eu poderia fumar um último cigarro?

O rei concordou, e o soldado tirou seu isqueiro. Ele o acendeu uma, duas, três vezes. Os três cachorros apareceram e expulsaram o rei perverso e todos os seus soldados do vilarejo. O soldado estava livre, e a princesa, também. O soldado casou-se com a princesa e tornou-se rei do vilarejo, e eles viveram felizes para sempre.

*Histórias fantásticas para garotos*

# A espada do ferreiro

Era uma vez um filho de ferreiro chamado Léo. O maior desejo de Léo era ser um cavaleiro. Enquanto os cavaleiros do grande castelo no monte galopavam rumo a missões, ou para lutar em torneios poderosos, Léo tinha que ficar em casa e ajudar seu pai a fazer ferraduras, espadas e pregos.

Um dia, um homem alto e orgulhoso apareceu na oficina do ferreiro.

— Faça uma bela espada para mim — disse ele —, e não esqueça de derramar este líquido sobre o ferro durante o processo. — O homem entregou a Léo uma garrafa de líquido estranho e verde. — Voltarei para pegar a espada na próxima semana — disse o estranho, então galopou em seu grande corcel negro.

Léo trabalhou por dias na espada. Ele esfregou o líquido verde no ferro. Então, passou horas martelando e batendo na espada até que ficasse a melhor que ele já tinha feito. Ele a segurou na luz, fora da oficina.

— Está quase boa demais para vender — disse Léo.

Bem nesse momento, um valentão mau perseguia algumas crianças assustadas pela oficina. De repente, Léo sentiu a lâmina se mover em sua mão, como se estivesse viva. Ele correu atrás do valentão e o parou com a parte plana da espada. As crianças agradeceram a Léo por salvá-las, mas o valentão ficou enfurecido.

— Esse homem me atacou! — ele gritou.

# A espada do ferreiro

## Histórias fantásticas para garotos

O valentão chamou os guardas do vilarejo, e Léo foi levado perante o rei. O monarca baniu Léo, que foi embora do reino em desgraça. A espada era sua única posse.

— Tudo isso é culpa sua – disse Léo para a espada. – Queria nunca ter forjado você. – Então, ele levantou os braços para jogar a espada fora.

— Espere, mestre! – disse uma voz aguda e alta. Era a própria espada falando! – Eu sou uma lâmina encantada – disse ela. – Se você encontrar uma bainha de ouro para me carregar, um cabo de couro e um diamante para a ponta do meu punho, eu lhe servirei bem.

— Muito bem – disse Léo. – Afinal, você é a única amiga que tenho.

Então, a espada disse a Léo para subir até as montanhas. Lá, Léo viu um duende com uma aparência malvada dormindo em uma pedra. A espada de repente pareceu ganhar vida na mão de Léo. Ela cutucou o duende até acordá-lo. Léo estava muito assustado, mas a espada afugentou o duende, que deixou para trás apenas uma bela bainha de ouro. A espada se encaixou perfeitamente nela.

## A espada do ferreiro

— Agora, viaje floresta adentro — disse a espada.

No coração da floresta, Léo viu uma gangue de ladrões. Eles tinham acabado de roubar um mercador, então o amarraram a uma árvore com tiras de couro. A espada mexeu-se na mão de Léo novamente e afugentou os ladrões. Léo desamarrou o comerciante agradecido.

— Os ladrões fugiram com meu tesouro — disse o comerciante. — Por isso, não tenho nada para lhe dar como recompensa.

Mas Léo pegou as tiras de couro e as amarrou ao redor do cabo da espada.

Após muitos dias de jornada, Léo chegou à boca de uma caverna. Lá dentro, vivia um grande e terrível dragão.

— Nós encontraremos um diamante lá dentro — disse a espada. Os joelhos de Léo estavam bambos e seus dentes estavam tiritando, mas ele entrou na caverna.

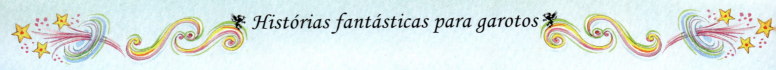

## Histórias fantásticas para garotos

O dragão estava sentado guardando uma enorme pilha de tesouros. Um diamante belo e brilhante cintilava no meio da pilha, logo abaixo do peito do dragão.

— Cave por baixo do tesouro e você não será visto – disse a espada.

Léo abriu caminho sob o monte de tesouro até alcançar o diamante. Bem devagar, ele pegou a joia e seguiu o caminho de volta.

— Pegue um punhado de moedas de ouro, depois corra! – disse a espada, e Léo saiu correndo da caverna com o ouro e o diamante. Ele já estava longe, no alto das colinas, quando o dragão percebeu que parte de seu tesouro tinha sido roubado.

— Agora tenho minha bainha, minha empunhadura e meu diamante – disse a espada –, e retribuirei sua bondade.

Assim, a espada deu a Léo o ouro do dragão. Com o ouro, Léo comprou uma armadura e um grande cavalo branco.

## A espada do ferreiro

— Você deve voltar para casa — disse a espada.

Então, Léo cavalgou todo o caminho de volta para o reino. Quando chegou ao reino, descobriu que estava acontecendo um grande torneio e que o vencedor se casaria com a filha do rei.

— Entre no torneio — disse a espada.

Como ninguém viu que era Léo em sua armadura brilhante, ele conseguiu participar do torneio como um cavaleiro.

Com a ajuda da espada encantada, Léo enfrentou cavaleiro após cavaleiro. Ele sempre conseguia derrubá-los e vencer cada batalha. Logo, o único cavaleiro

## Histórias fantásticas para garotos

restante para enfrentar era aquele que estava montado em um cavalo preto. Os dois se enfrentaram no campo de batalha, enquanto todo o povo do reino assistia.

De repente, Léo sentiu a espada se mover em sua mão; mas, desta vez, ela não atacou o cavaleiro. Em vez disso, a espada voou da mão de Léo para a mão do outro cavaleiro. O oponente levantou sua viseira e Léo viu que era o homem que havia encomendado a espada encantada.

— Esta espada é minha! — gritou o cavaleiro. — E você não é nada além de um ferreiro.

Ele galopou em direção a Léo empunhando sua espada, pronto para cortar a cabeça dele. Léo virou-se para correr, mas não havia nada que ele pudesse fazer. O outro cavaleiro era rápido demais.

A lâmina encantada veio zunindo em direção ao pescoço de Léo e parou. Léo ouviu a lâmina falar.

## A espada do ferreiro

— Este homem gentil me deu uma bainha, uma empunhadura e um diamante – disse a espada. — Por isso, eu não o matarei. Você não me deu nada, mas eu lhe darei uma lição.

A espada se virou para o cavaleiro e bateu forte em sua armadura. O cavaleiro fugiu, gritando o mais alto que pôde.

As pessoas aplaudiram, e o rei declarou Léo o vencedor do torneio.

— Você venceu com bondade, não com força – disse o rei.

Assim, Léo casou-se com a princesa, e todos viveram felizes para sempre.

*Histórias fantásticas para garotos*

# Os duendes e o dragão

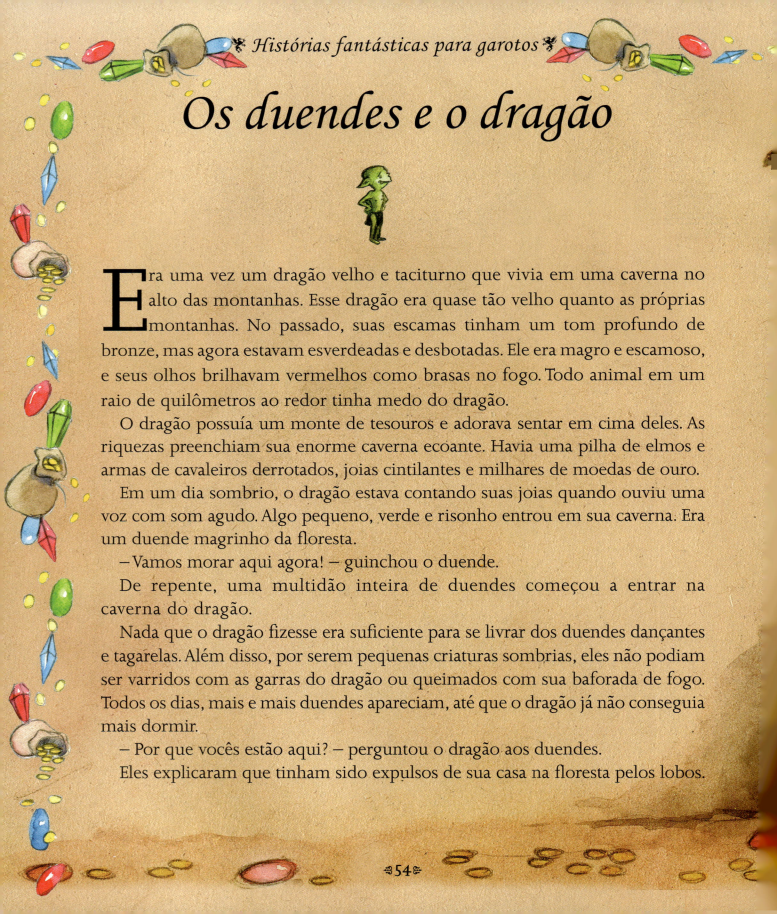

Era uma vez um dragão velho e taciturno que vivia em uma caverna no alto das montanhas. Esse dragão era quase tão velho quanto as próprias montanhas. No passado, suas escamas tinham um tom profundo de bronze, mas agora estavam esverdeadas e desbotadas. Ele era magro e escamoso, e seus olhos brilhavam vermelhos como brasas no fogo. Todo animal em um raio de quilômetros ao redor tinha medo do dragão.

O dragão possuía um monte de tesouros e adorava sentar em cima deles. As riquezas preenchiam sua enorme caverna ecoante. Havia uma pilha de elmos e armas de cavaleiros derrotados, joias cintilantes e milhares de moedas de ouro.

Em um dia sombrio, o dragão estava contando suas joias quando ouviu uma voz com som agudo. Algo pequeno, verde e risonho entrou em sua caverna. Era um duende magrinho da floresta.

— Vamos morar aqui agora! — guinchou o duende.

De repente, uma multidão inteira de duendes começou a entrar na caverna do dragão.

Nada que o dragão fizesse era suficiente para se livrar dos duendes dançantes e tagarelas. Além disso, por serem pequenas criaturas sombrias, eles não podiam ser varridos com as garras do dragão ou queimados com sua baforada de fogo. Todos os dias, mais e mais duendes apareciam, até que o dragão já não conseguia mais dormir.

— Por que vocês estão aqui? — perguntou o dragão aos duendes.

Eles explicaram que tinham sido expulsos de sua casa na floresta pelos lobos.

## Os duendes e o dragão

### Histórias fantásticas para garotos

— Nós vamos morar aqui agora — anunciaram eles, com a voz fininha, fazendo o dragão soltar chamas de surpresa.

No dia seguinte, o dragão não aguentava mais. Ele voou das montanhas como uma nuvem de tempestade, e foi até a floresta. Lá ele procurou pelos lobos, mas era grande demais, e eles eram rápidos e espertos demais para ele. Tudo o que conseguia ver eram os olhos amarelos dos lobos, encarando-o entre as árvores.

Em uma clareira, o dragão avistou um lenhador. O homem ficou aterrorizado e tentou correr, mas o dragão pousou na frente dele.

— Me diga, lenhador — rugiu o dragão. — Por que os lobos expulsam as coisas desta floresta?

— Porque eles querem que tudo seja deles — respondeu o lenhador. — Costumávamos contratar homens para afastá-los, mas ladrões levaram todo o nosso ouro e agora ninguém quer nos ajudar.

O dragão bufou e voou para longe, deixando o pobre lenhador tremendo.

Na orla da floresta, o dragão encontrou uma família amontoada em uma

## Os duendes e o dragão

pequena cabana. A mãe e o pai recuaram de medo quando o dragão enfiou a longa cabeça pela porta, mas as crianças riram e estenderam a mão para tocar seu focinho.

— Não temos cerca, então os lobos vieram e roubaram as nossas ovelhas — disse o pai. — Eles comeram todas as ovelhas, e agora temos medo de sermos os próximos.

O dragão bufou pela segunda vez e voou para longe, pensando.

Em uma colina alta, o dragão viu um homem vestido com uma armadura velha e desgastada. Esse homem não fugiu quando o dragão pousou.

— Eu sou um cavaleiro — disse o homem, corajoso. — Se minha armadura fosse nova, eu tentaria matar você e os lobos. Mas toda a minha armadura está enferrujada e é inútil.

O dragão bufou mais uma vez e voou lentamente de volta para as montanhas.

— Se eu me livrar dos lobos da sua floresta, vocês vão embora? — o dragão perguntou para os duendes. Eles responderam que sim.

🐉 *Histórias fantásticas para garotos* 🐉

No dia seguinte, o dragão voou de volta para a floresta e deixou cair algo aos pés do lenhador. Era um enorme rubi vermelho de sua pilha de tesouros.

— Venda isto e use o dinheiro para contratar homens que afastem os lobos – disse o dragão.

Em seguida, o dragão passou uma hora cortando algumas árvores altas com suas garras, até conseguir uma enorme pilha de madeira. Então, levou a madeira para o fazendeiro e sua família.

— Use esta madeira para construir uma cerca resistente para manter os lobos afastados – disse o dragão forte.

Por fim, ele voou de volta para sua caverna e pegou a armadura, a espada e o elmo mais resistentes e brilhantes que conseguiu encontrar. Ele os levou para o cavaleiro.

— Use isto, mas não lute contra mim – disse o dragão. – Use-os para afastar os lobos.

## Os duendes e o dragão

— Eu farei isso se você me ajudar — disse o cavaleiro.

Então, o cavaleiro disparou para a floresta profunda e perseguiu os lobos. O dragão soprou chamas contra os lobos, que logo fugiram assustados.

Mais tarde, o dragão visitou o pastor de ovelhas e sua família. Eles haviam construído uma cerca forte para o caso de os lobos retornarem.

— Agora estamos seguros — disse o agricultor. — Mas não temos ovelhas. Não sei como sobreviveremos.

Então, usando suas grandes garras, o dragão pegou ovelhas selvagens das montanhas e as colocou no campo cercado. O pastor e sua esposa agradeceram, mas o dragão já estava voando de volta para sua caverna.

— Os lobos foram embora — disse o dragão aos duendes na caverna. — Agora, saiam daqui!

Os duendes desceram a montanha e entraram na floresta, e o dragão sentou-se para guardar seu tesouro em silêncio.

## Histórias fantásticas para garotos

Porém, algo não estava certo. Tudo estava muito quieto. Por mais que tentasse, o dragão não conseguia ficar confortável. Qual era o sentido de todo o seu tesouro, ele pensava, se não fazia bem a ninguém?

Então, o dragão voou de volta para a floresta e ficou feliz ao ver que o lenhador, a família do pastor, os duendes e até mesmo o cavaleiro comemoraram quando o viram.

— Todos vocês precisam mais de proteção que o meu tesouro — rugiu o dragão. — E acho que eu estava um pouco solitário na minha antiga caverna.

Então, o dragão ficou na floresta. Ele carregou seu tesouro da montanha e o enterrou bem fundo ao pé de um carvalho. Mas, quando o povo da floresta estava em necessidade, às vezes encontrava um grande rubi na soleira de sua porta, ou uma antiga moeda de ouro caída em seus campos, como se tivesse sido deixada ali pelo dragão.

Dizem que o dragão ainda protege a floresta. Portanto, se você entrar em uma floresta e ouvir um som como uma baforada de fogo, ou avistar um brilho de bronze, não se preocupe; é apenas o dragão, protegendo você dos lobos.

# Os duendes e o dragão

*Histórias fantásticas para garotos*

# A espada na pedra

Muito tempo atrás, havia um cavaleiro chamado Sir Hector, que morava em um grande castelo e tinha dois filhos. O mais velho se chamava Kay e o mais novo se chamava Artur. Kay estava treinando para ser cavaleiro. Artur trabalharia como escudeiro de Kay.

Enquanto Kay aprendia todas as habilidades da cavalaria, Artur tinha que limpar a armadura de Kay, alimentar seu cavalo e fazer tudo o que o irmão pedisse. No jantar, Kay se sentava na cabeceira da mesa com Sir Hector, enquanto Artur era obrigado a se sentar longe, na outra ponta. Sir Hector era um bom homem, mas não entendia que seu filho Artur estava levando uma vida muito infeliz.

Um dia, enquanto tentava polir a armadura de Kay com um trapo velho, Artur viu um senhor que parecia ter surgido do nada. O homem tinha uma longa barba branca, um conjunto de vestes azuis empoeiradas e um chapéu azul pontudo.

— Como posso ajudá-lo, senhor? — perguntou Artur.

— Eu sou seu novo professor — disse o senhor, com um sorriso misterioso. — Sou um mago, e meu nome é Merlin.

Daquele dia em diante, Merlin ensinou algo a Artur todos os dias. Como Merlin era um bruxo, suas aulas nunca eram monótonas.

Um dia, Merlin transformou Artur em um pássaro, para que ele pudesse aprender a sabedoria com as corujas das profundezas da floresta. No dia seguinte, Artur virou um cachorro e aprendeu a pastorear as ovelhas no campo.

— Por que você está me ensinando essas coisas? — perguntou Artur. — Vou ser um humilde escudeiro quando crescer, não vou?

## A espada na pedra

*Histórias fantásticas para garotos*

Porém, Merlin apenas sorria gentilmente e mudava de assunto.

Um ano e um dia depois da chegada de Merlin, Artur foi à sala de seu professor e descobriu que Merlin havia empacotado todas as suas coisas.

— Estou indo embora — disse Merlin. — Eu já lhe ensinei tudo o que você precisa saber.

— Não vá! — pediu Artur. — Ainda tenho muito que aprender.

Merlin balançou a cabeça, triste.

— Você já está pronto — disse ele.

— Para quê? — perguntou Artur, mas Merlin não quis dizer.

— Voltarei um dia — afirmou Merlin —, mas, por enquanto, lembre-se do meu conselho: quando precisar de uma espada, procure no cemitério de uma igreja.

## A espada na pedra

De repente, houve um estalo e um lampejo de luz, e Merlin desapareceu.

Naquela época, por acaso, não havia governante no reino onde Artur vivia. Os cavaleiros estavam sempre brigando, e a única coisa que os unia era uma competição anual, na qual eles tentavam puxar uma poderosa espada que havia ficado misteriosamente cravada em uma enorme pedra no cemitério da igreja.

Todos os cavaleiros queriam vencer a competição, porque as palavras escritas na enorme rocha diziam: "Quem tirar a espada da pedra será rei".

Todos os cavaleiros tentaram puxar a espada, mas ela estava muito presa.

Logo, chegou a vez de Kay, o irmão de Artur, tentar puxar a espada, como todos os outros cavaleiros. No entanto, não importava o quanto ele puxasse, a espada não se movia.

— Posso tentar? — perguntou Artur, mas Kay o afastou.

— Você nem é um cavaleiro nobre — disse Kay.

### Histórias fantásticas para garotos

No dia seguinte, houve um torneio importante. Artur carregava a armadura de Kay a pé, enquanto Kay cavalgava. No caminho, Kay percebeu que havia esquecido sua espada.

— Volte e pegue para mim – disse ele a Artur. — E seja rápido, ou eu não vou conseguir lutar.

Artur voltou às pressas para o alojamento, mas a casa estava trancada. Todos estavam no torneio.

Artur não sabia o que fazer. De repente, ele se lembrou do conselho de Merlin.

"Devo encontrar uma espada para Kay", pensou ele. Então, foi ao cemitério onde a espada estava cravada na pedra. Ele puxou a espada, e ela saiu da pedra com tanta facilidade que parecia ter sido cravada em manteiga. Artur correu até Kay.

— Aqui – disse ele. — Não é sua espada, mas serve esta?

Kay deu uma olhada na espada e arregalou os olhos.

— É a espada da pedra!

## A espada na pedra

Todos os outros cavaleiros se reuniram, esquecendo-se do torneio.

— É um truque! — eles gritaram. — Deve haver um engano. Esse garoto nem é um cavaleiro.

Então Artur, Kay e o restante dos cavaleiros voltaram ao cemitério. Artur colocou a espada de volta na pedra e todos os outros cavaleiros tentaram puxá-la novamente. Não importava o quanto tentassem, a lâmina não se movia. No entanto, quando Artur segurou a espada, ele a removeu da pedra com tanta facilidade quanto da primeira vez.

Sir Hector deu um passo à frente.

— Artur, tenho algo a lhe dizer — anunciou ele, muito sério. — Você não é meu filho. Seu pai era Uther Pendragon, o rei. Antes de morrer, ele me pediu que eu adotasse você, para manter você em segurança.

*Histórias fantásticas para garotos*

— Salve Artur! — exclamou Hector, e todos os cavaleiros se ajoelharam e se curvaram diante de Artur. Até mesmo Kay se curvou.

— Desculpe por eu ter tratado você tão mal — disse Kay. — Agora que você é rei, imagino que você vai me banir de seu reino.

Artur pegou a mão de Kay e a levantou.

— Não, Kay — disse ele. — Você é meu irmão. Quero que você seja um dos meus cavaleiros. Farei uma mesa que será uma távola grande e redonda. Desta forma, onde quer que meus cavaleiros se sentem, todos se sentirão iguais.

Assim, Artur tornou-se rei. Ele viveu muitas aventuras lendárias com seus cavaleiros da Távola Redonda e, às vezes, Merlin retornava para lhe dar conselhos, sabedoria e apenas um pouco de magia!

# *A espada na pedra*

*Histórias fantásticas para garotos*

# O dragão e o ladrão

Era uma vez um jovem chamado Simon que sempre se metia em encrenca. Quando não estava roubando maçãs dos pomares, trapaceava nos jogos. Quando Simon não estava assustando as vacas no campo, amarrava sinos no rabo dos gatos e soltava as galinhas dos galinheiros.

Um dia, o rei ficou sabendo de Simon e de toda a encrenca que ele estava causando. Assim, enviou seus guardas reais para trazer o jovem perante a corte real. O rei era muito mal-humorado, e todos no reino tinham medo dele. O rei não aturava jovens causando confusão e, por isso, estava determinado a punir Simon.

— Você tem sido tão perverso há tanto tempo — disse o rei — que vamos arrancar sua cabeça como punição!

Simon ficou muito assustado.

— Não há nada que eu possa fazer? — ele perguntou.

— Nada — afirmou o rei. — A menos que... Acho que há uma coisa. Você conhece o terrível dragão que mora no enorme castelo antigo, no alto da colina?

— Aquele que tem um cavalo voador e que cospe fogo em quem se aproxima? — perguntou Simon.

— Sim, esse mesmo — disse o rei. — Bem, esse dragão quer se tornar humano. Ele fica em pé, come à mesa e até dorme em uma cama de penas. Logo, ele vai querer ser rei, e não podemos permitir isso, não é mesmo?

Simon balançou a cabeça, obediente.

— Não, Vossa Majestade.

— Se você me trouxer o cavalo voador do dragão, eu deixarei você ir embora em liberdade — disse o rei.

## *O dragão e o ladrão*

*Histórias fantásticas para garotos*

Assim, Simon partiu para o castelo. Ele se esgueirou pelo estábulo sombrio e silencioso e encontrou o magnífico cavalo alado. Quando ele tentou desamarrá-lo e montá-lo para fugir, o cavalo soltou um relincho alto.

O dragão no castelo ouviu o cavalo alado relinchar. Ele colocou sua cabeça escamosa para fora da janela.

— Cale a boca, monstro! — rosnou ele e voltou a dormir.

Mais uma vez, Simon tentou levar o cavalo, que relinchou ainda mais alto. O dragão acordou e, desta vez, desceu até o estábulo. Simon se escondeu o mais rápido que pôde e observou enquanto o dragão rugia e grunhia para o cavalo alado, que se encolheu e tremeu de medo.

Quando o dragão foi embora, Simon tentou levar o cavalo novamente. Desta vez, o cavalo ficou mais do que contente em escapar do dragão assustador.

Simon, sendo um jovem muito travesso, pulou nas costas do cavalo e voou direto para a janela do quarto do dragão.

— Se alguém lhe perguntar quem levou seu cavalo, diga que fui eu, Simon, o Magnífico! — gritou Simon e voou embora antes que o dragão pudesse responder.

## O dragão e o ladrão

No palácio, Simon apresentou o cavalo voador ao rei. Apenas por um momento, o rei ficou muito feliz.

— Estou livre para ir? – perguntou Simon.

— Espere! – chamou o rei. – Você deve fazer mais uma coisa. Traga-me o lençol do dragão.

Simon retornou ao castelo e escalou os muros altos, então encontrou uma pequena janela e se abaixou para entrar no quarto do dragão. Ele caminhou na pontinha dos pés pelo chão e estendeu a mão para pegar os lençóis. Porém, quando os puxou, descobriu que estavam cobertos por centenas de pequenos sininhos de prata que tilintavam e tocavam. O som acordou o dragão.

— Pare de puxar os lençóis! – o dragão gritou para sua esposa, então puxou os lençóis, puxando Simon para cima da cama!

Ao ver o jovem, o dragão ficou enfurecido, então amarrou-o e o colocou embaixo da cama. Em seguida, disse para sua esposa:

— Amanhã vamos comer o rapaz em um ensopado.

No dia seguinte, quando o dragão estava voando, sua esposa aqueceu o forno e estava prestes a colocar Simon em uma grande panela.

— Você deveria desamarrar essas cordas — disse Simon —, ou elas vão deixar o ensopado com um gosto horrível.

Então a esposa do dragão desamarrou Simon. Tão rápido quanto um raio, o rapaz saltou da panela e empurrou a esposa do dragão dentro do forno ardente. Logo, ela estava cozida. Em seguida, ele correu escada acima, pegou os lençóis e correu de volta para levá-los ao rei.

— Agora posso ir? — perguntou Simon.

— Não — disse o rei, que era extremamente cruel. — Agora você deve buscar para mim… o próprio dragão!

 *O dragão e o ladrão*

— Muito bem – disse Simon. — Mas primeiro preciso deixar minha barba crescer.

O rei concordou, mesmo sem saber o que Simon estava fazendo. Depois de ter esperado muitas semanas para que sua barba crescesse, o rapaz partiu para o castelo do dragão pela terceira vez. No caminho, encontrou um mendigo e lhe pediu que trocasse de roupa com ele. O mendigo e o rapaz trocaram de roupa e logo Simon chegou ao castelo.

Ele bateu à grande porta, e o dragão respondeu. Só que o dragão não o reconheceu com as roupas de mendigo.

— Tem um tostão para um mendigo, senhor? – perguntou Simon.

— Vá embora! – rugiu o dragão. — Estou construindo uma grande caixa para prender meu inimigo, Simon, o Magnífico. – O dragão mostrou a Simon a caixa grande e resistente que ele estava construindo.

Simon pensou rápido.

## Histórias fantásticas para garotos

— Não é grande o suficiente – disse Simon. – Eu sei do que estou falando, porque ele é um homem grande e alto. Ele não vai caber aí.

— Bobagem – disse o dragão. – A caixa é tão grande que até eu caberia nela.

— Eu não acredito em você – disse Simon.

O dragão entrou na caixa.

— Olha! – ele disse. – Há muito espaço!

De repente, Simon bateu a tampa da caixa e a trancou com pesadas correntes. Ignorando os rugidos horríveis vindos de dentro da caixa, ele arrastou-a até o rei.

— Agora, deixe-me ser livre – disse Simon.

— Não acredito que o dragão esteja aí – disse o rei.

— Veja com seus próprios olhos – pediu Simon. – Olha, há uma grande abertura na lateral da caixa. Abra e dê uma olhada.

O rei abriu a lateral, que tinha um vão pequeno demais para que o dragão

 *O dragão e o ladrão*

escapasse. Porém, era grande o suficiente para o dragão passar a cabeça, agarrar o rei com suas enormes mandíbulas e engoli-lo inteiro!

Todos no reino ficaram felizes com a morte do rei perverso. Eles pediram a Simon para ser seu novo rei e ele aceitou com gratidão. Quanto ao dragão, Simon o manteve na caixa como animal de estimação.

E assim, ele realmente se tornou Simon, o Magnífico, e viveu feliz para sempre.

 Histórias fantásticas para garotos

# O aprendiz de feiticeiro

Era uma vez um menino que era aprendiz de um feiticeiro poderoso. O garoto queria aprender toda a magia que pudesse para que, um dia, ele também fosse tão poderoso quanto o feiticeiro.

Por um ano, o aprendiz se dedicou muito ao trabalho para o feiticeiro; mas, durante todo esse tempo, o feiticeiro não lhe ensinou um único feitiço. O aprendiz passava seus dias lavando o chão do castelo do feiticeiro e limpando os recipientes de vidro usados para misturar poções. Às vezes, as sobras de poções se misturavam fazendo *pop*, ou provocavam um cheiro especialmente ruim, ou até mesmo formavam uma cara sorridente com a fumaça, que logo se dissipava. Mas isso era o mais próximo que o aprendiz chegava da magia.

– Mestre, quando aprenderei a fazer magia como o senhor? – o aprendiz perguntou, certo dia. – Talvez eu possa conjurar uma bolinha de fogo. Ou aprender a voar, talvez? Só um pouco acima do chão?

– A magia requer muito esforço e estudo, não voos e explosões – respondeu o feiticeiro, trancando seu grimório, seu livro de feitiços, com segurança no armário. – Você está aqui para aprender magia real, não truques de palco. Agora, volte ao trabalho.

O feiticeiro era um homem muito bravo e severo, e o aprendiz tinha um pouco de medo dele. Então, o aprendiz continuou com sua limpeza, mas ainda ansiava por lançar alguns feitiços verdadeiros.

Um dia, o feiticeiro disse ao aprendiz que teria que partir por alguns dias e, enquanto estivesse fora, queria que o salão principal fosse limpo.

## O aprendiz de feiticeiro

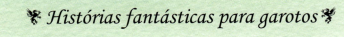
## Histórias fantásticas para garotos

No salão, o aprendiz olhou em volta, desesperado. O chão estava encrustado de sujeira. Havia caldeirões sujos e vidros empoeirados espalhados por toda parte. Até mesmo as cabeças de animais empalhadas na parede estavam cobertas de teias de aranha. Ia demorar muito tempo para limpar tudo aquilo.

O feiticeiro partiu. Assim, o aprendiz encontrou um esfregão e encheu um balde de água no poço do lado de fora. Ele começou a esfregar um canto do chão, esfregando toda a sujeira e fazendo-o brilhar. Depois de uma hora ou duas, ele se levantou e esticou as costas doloridas. Havia limpado apenas uma pequena parte do chão. O resto estava tão sujo quanto antes.

O aprendiz largou o esfregão e vagou pela oficina. Ele ficou surpreso ao ver que o armário de seu mestre estava destrancado. Espiando para dentro, viu o grimório do feiticeiro. Ele não podia tocar naquele livro, nem mesmo espiar nas páginas, porque era a fonte de todo o poder do feiticeiro.

## ❦ O aprendiz de feiticeiro ❦

"Uma olhadinha não faz mal a ninguém", pensou o aprendiz.

Ele pegou o grimório do armário e o abriu. Caiu em uma página com um feitiço que fazia objetos domésticos se moverem. "Hmm", pensou o aprendiz. "Será que o esfregão pode fazer a limpeza por mim?".

O aprendiz recitou em voz alta as palavras da página, apontando para o esfregão. No começo, nada aconteceu. Então o esfregão sacudiu e se levantou do chão. De repente, começou a esfregar o chão sozinho. Ele até deslizou de volta para o balde de água e mergulhou nele, antes de retornar à sua tarefa.

— Fantástico! — exclamou o aprendiz em voz alta. Ele puxou uma cadeira e ficou observando o esfregão limpar o chão. Logo, toda a água havia desaparecido do balde, mas o esfregão continuava a esfregar.

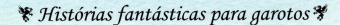  

## Histórias fantásticas para garotos

O aprendiz folheou o grimório e encontrou um feitiço que fazia a água aparecer. Ele lançou o feitiço no balde, que no mesmo instante ficou cheio até a borda de água e espuma.

Não demorou muito para que o esfregão limpasse todo o chão, deixando-o brilhante. Mas o esfregão não parou. Ele voltou para o primeiro canto e começou a limpar outra vez. O aprendiz olhou no grimório, mas não havia instruções sobre como parar o feitiço. O esfregão começou a limpar mais e mais rápido. Começou a bater nos objetos das mesas compridas, derrubando todo tipo de equipamento mágico.

— Ei! Pare com isso! — gritou o aprendiz. Ele perseguiu o esfregão pelo salão, até que finalmente o pegou com as duas mãos. Ele quebrou o esfregão ao meio.

— Agora já chega — disse ele.

## O aprendiz de feiticeiro

Mas o esfregão não queria saber! As duas metades começaram a crescer e a brotar, até que havia dois esfregões de tamanho normal em vez de um. Ambos os esfregões correram pelo salão, batendo e destruindo tudo por onde passavam.

Depois, o aprendiz notou que seus pés estavam molhados. O feitiço no balde estava fazendo a água transbordar e derrubar. A água estava enchendo o salão. O aprendiz pegou um martelo e perseguiu os dois esfregões, destruindo-os em pedaços. Mas todos os pedaços dos esfregões cresciam e cresciam, até que havia cem esfregões voando pelo ar.

A água subiu tão alto que o aprendiz teve que nadar. Ele tentou lutar contra os esfregões, que estavam por toda parte, golpeando e batendo e destruindo tudo no salão.

— Se ao menos meu mestre estivesse aqui! — gritou o aprendiz, assustado.

De repente, houve um estrondo de trovão e uma explosão de luz, e o feiticeiro apareceu. Com um aceno de seus braços, ele fez a água sumir e, com um estalar

## Histórias fantásticas para garotos

de dedos, os esfregões caíram no chão e voltaram a ser um único esfregão sem vida.

— Por favor, não me transforme em um sapo — implorou o aprendiz, que ainda estava encharcado.

— Deixei o armário aberto para ver se você era de confiança — disse o feiticeiro. — Eu sabia que você iria mexer com magia se abrisse meu grimório, mas só voltei depois de você aprender o que a magia desenfreada pode fazer.

— Desculpe, mestre — disse o aprendiz. — Nunca mais vou mexer em magia sem sua permissão.

O feiticeiro fez o jovem limpar a bagunça com as próprias mãos, e essa foi a única punição que o aprendiz recebeu.

Após muitos anos de trabalho árduo, o aprendiz se tornou um poderoso feiticeiro, mas ele nunca esqueceu a lição que seu mestre lhe ensinou naquele dia.

# O aprendiz de feiticeiro

✤ Histórias fantásticas para garotos ✤

# O dragão covarde

Lá no fundo de uma floresta, vivia um dragão covarde. Ele era tão grande quanto dez elefantes. O dragão cuspia fogo e tinha garras longas, mas tinha medo de tudo. Quando via um rato, ele pulava no ar. Quando ouvia uma coruja piar, ele tremia. Tinha medo até de dormir no chão da floresta, com receio de que animais selvagens saltassem em cima dele.

Um dia, o dragão estava cheirando flores quando ouviu um barulho alto. Era um grupo de crianças brincando na mata. O dragão se escondeu atrás de uma colina e ficou ouvindo, seu coração disparado.

"Nunca conheci uma criança antes", pensou o dragão. "E se elas forem perigosas?".

No mesmo instante, as crianças correram ao redor da colina e viram o dragão sentado lá. O dragão estava tão assustado que soltou um rugido terrível que ecoou por toda a floresta. Todas as crianças correram apavoradas, exceto um garotinho. Em vez de correr, o menino gritou de volta:

— Iaaáá!

O dragão ficou tão assustado que começou a chorar.

— Por favor, não me machuque — disse o dragão, com sua voz profunda. — Você parece muito perigoso.

O menino se aproximou dele e segurou a garra do dragão.

— Eu estava brincando — disse o menino. — Meu nome é Tristan. Venha brincar com a gente.

Tristan levou o dragão para conhecer seus outros amigos. No começo, o dragão estava tão tímido que não conseguia falar com eles, mas logo todos estavam brincando felizes juntos. Tristan era o mais corajoso de todos. Não havia árvore

### Histórias fantásticas para garotos

alta demais para ele escalar, nem colina rochosa demais para ele subir e nenhum riacho frio demais para ele nadar.

— Como posso ser igual a você? – perguntou o dragão para Tristan. – Você não tem medo de nada.

— Você só precisa de um amigo para lhe dar coragem – disse Tristan. – Por que não volta para o vilarejo comigo? Você pode ficar na nossa casa.

— Parece assustador – disse o dragão, mas Tristan pegou uma garra dele e o levou de volta para o vilarejo.

— Xiiiu – disse Tristan, enquanto entravam no vilarejo. – O prefeito não gosta de barulho.

Então os dois amigos desceram a rua na pontinha dos pés. Porém, as garras do dragão batiam alto nas pedras que todos saíram para ver de onde vinha o barulho.

— Não se preocupem – disse Tristan para os moradores, que estavam tão assustados quanto o dragão. – Ele é meu amigo.

Tristan convenceu o dragão a conhecer seus pais.

## O dragão covarde

— Você é bem-vindo aqui – disse o pai de Tristan. – Eu sou um fazendeiro, e este monte de feno vai servir como uma cama confortável para você.

Assim, o dragão foi dormir no monte de feno, que era muito mais confortável do que o chão frio e duro da floresta.

— Talvez essas pessoas não sejam tão assustadoras, afinal – ponderou ele.

No dia seguinte, os moradores locais fizeram uma festa na rua para dar as boas-vindas ao dragão. O padeiro do vilarejo assou centenas de bolos deliciosos para a festa. Quando chegou a hora do almoço, todos os bolos foram colocados em mesas compridas na praça do vilarejo.

— Você precisa conhecer o prefeito – disse Tristan. – Ninguém gosta dele, porque ele proibiu as crianças de brincarem nas ruas. Mas você deve ser educado com ele, porque ele é o homem mais importante do vilarejo.

O prefeito era um homem baixo e carrancudo, que trazia uma grande corrente de ouro no pescoço. O dragão estava tão nervoso em conhecer uma pessoa tão importante que todo o seu corpo tremia. Quando estendeu a mão para cumpri-

Histórias fantásticas para garotos

mentar o prefeito, tremia tanto que acabou derrubando o homem, que ficou mais zangado ainda.

— É uma grosseria ser tão grande assim — resmungou o prefeito. — Por favor, tente não fazer bagunça.

O padeiro acendeu as velas dos bolos.

— Apague as velas — disse Tristan. O dragão deu um suspiro profundo e soprou as velas, mas uma enorme chama saiu de sua boca e queimou todos os bolos, que viraram cinzas.

— Desculpe — disse o dragão.

Todos ficaram furiosos com ele.

— Passei a manhã toda assando esses bolos! — gritou o padeiro.

Foi demais para o dragão. Ele se sentou com um estrondo poderoso e começou a chorar. As lágrimas saíram de seus olhos como uma tempestade de chuva

## O dragão covarde

e, em questão de instantes, toda a praça do vilarejo estava molhada. Algumas pessoas abriram guarda-chuvas, mas a maioria dos moradores ficou encharcada.

– Chega dessa bobagem! – gritou o prefeito, batendo o pé. – Tristan, você trouxe esse monstro para nosso vilarejo e agora deve ser punido! Ordeno que você e sua família saiam deste lugar e nunca mais voltem!

Todos os moradores ficaram chocados, mas estavam com tanto medo do prefeito que não disseram nada. Tristan ficou tão chocado que começou a chorar também.

Quando o dragão viu Tristan chorando, algo estranho aconteceu. O dragão ficou tão zangado que suas enormes lágrimas secaram. Ele até esqueceu de sentir medo. Ele se levantou até alcançar sua altura total, dominando as pessoas do vilarejo com a sua presença. Ele caminhou até o prefeito e o segurou em suas garras. De repente, o prefeito não parecia tão assustador, afinal.

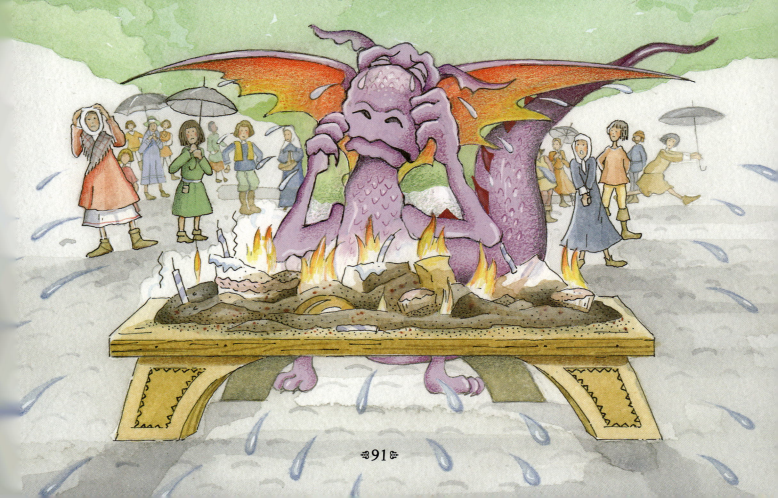

91

## Histórias fantásticas para garotos

— Como se atreve a falar assim com meu amigo? – rugiu o dragão. – Você deveria ter vergonha de si mesmo, intimidando um garotinho! Você não passa de um valentão!

E antes que o prefeito pudesse responder, o dragão jogou-o para o alto e o golpeou com sua cauda. O prefeito voou para longe e pousou no monte de feno do pai de Tristan. Estava tão assustado que saiu correndo do vilarejo e nunca mais voltou.

Com o prefeito fora, as crianças podiam brincar no vilarejo o quanto quisessem. Então, os moradores deram ao dragão uma medalha de ouro enorme e brilhante. O dragão ficou tão feliz que decidiu ficar no vilarejo com Tristan, e todos viveram felizes para sempre.

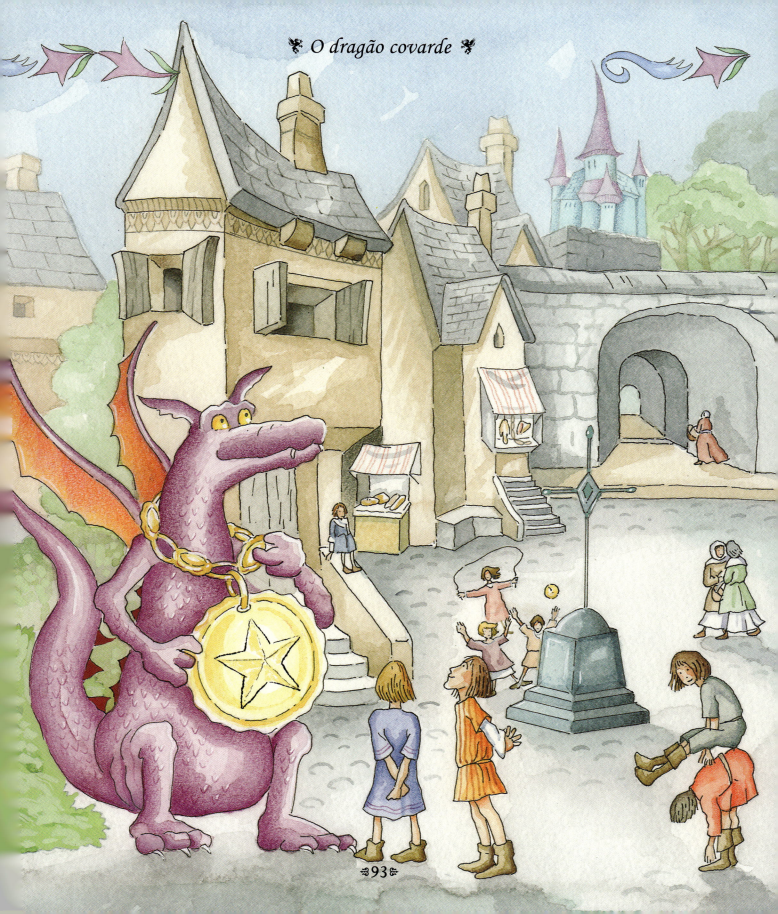

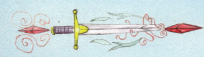 

Histórias fantásticas para garotos

# A serpente do mar

Era uma vez, uma gigantesca serpente do mar que vivia perto de muitas ilhas. A serpente era tão grande que seu tamanho era equivalente ao de dez dragões. Seus olhos eram grandes como lagos, e cada um de seus dentes era tão alto quanto uma torre. Quando erguia a cabeça acima da água, ela provocava enormes ondas que batiam nos penhascos das ilhas próximas. E quando ela rugia, todos podiam ouvi-la a quilômetros de distância.

Um dia, o rei de uma das ilhas olhou para fora e viu que as ondas que batiam nos penhascos de seu castelo à beira-mar estavam muito mais altas do que o normal. Ele observou a grande serpente do mar erguer a cabeça para fora da água, até que seus olhos ficaram tão altos quanto a torre do rei. O rei inclinou-se para fora da janela de seu castelo e sacudiu o punho para a serpente do mar.

– Desapareça, seu monstro horrível! – ele gritou.

Mas a serpente soltou um rugido que quase fez o castelo desmoronar.

O rei enviou seu feiticeiro chefe para ver se ele poderia encantar a serpente do mar e mandá-la para longe, mas o velho feiticeiro não podia fazer nada. A serpente rugiu para o feiticeiro, que correu de volta para o castelo antes que fosse devorado.

O feiticeiro era um homem muito sábio e inteligente, que conseguia entender a fala das serpentes do mar. Quando falou com o rei, ele tremeu quase tanto quanto tinha tremido ao ver a serpente.

# A serpente do mar

Histórias fantásticas para garotos

— Senhor — disse o feiticeiro —, a serpente do mar está irritada com seu insulto. Ela diz que só irá embora se o senhor der sua filha para ela devorar. Se a serpente não receber sua filha, vai destruir o seu castelo.

O rei ficou assustado, além de já estar zangado. No entanto, ele fez com que seus arautos, seus mensageiros, cavalgassem por toda a ilha com uma proclamação: "Quem conseguir matar a serpente do mar receberá a minha espada, a mão de minha filha em casamento, e meu reino quando eu morrer".

Logo, muitos bravos cavaleiros vieram para a ilha tentar derrotar a serpente do mar. Alguns tinham matado dragões antes, mas a serpente era muito, muito maior. A maioria deles via a serpente e logo saía correndo.

Os mais corajosos tentaram derrotá-la, mas só sabiam lutar em terra. Sua armadura era muito pesada e logo eles foram engolidos pela serpente monstruosa.

Nessa época, um fazendeiro e sua esposa viviam na ilha com seus sete filhos. Os filhos eram todos jovens ativos e animados, exceto o mais novo, que era pequeno e magro e gostava de sonhar com aventuras enquanto se sentava junto à lareira. Seus irmãos mais velhos adoravam provocá-lo e intimidá-lo.

Quando a família ficou sabendo da serpente do mar, o irmão mais novo disse, bem baixinho:

— Eu posso derrotá-la.

Todos riram dele.

— Você nem consegue segurar um escudo ou empunhar uma espada! — disseram seus irmãos.

— Eu não preciso de espada nem de escudo para derrotar a serpente do mar — disse o irmão mais novo, olhando para o fogo. A família não lhe deu ouvidos. Eles pensaram que o garoto tinha se envolvido em uma de suas próprias histórias.

Mas o irmão mais novo era mais esperto do que parecia. Quando todos foram dormir e o fogo se apagou, ele pegou um pedaço de turfa da lareira. A turfa queima muito devagar e o garoto viu que ainda havia uma pequena faísca de fogo no meio dela.

### Histórias fantásticas para garotos

O irmão mais novo pegou a turfa e foi até o estábulo, onde estava o cavalo de seu pai. Ele montou no cavalo e galopou o mais rápido que pôde até o castelo da serpente do mar. Estava quase amanhecendo quando ele chegou a um porto perto do castelo. Ali, encontrou um pequeno barco a remo e embarcou, levando apenas a turfa.

Então, o irmão mais novo remou o mais rápido que pôde até a serpente do mar, que estava deitada com sua gigantesca boca parcialmente dentro da água. A serpente do mar estava dormindo e, de vez em quando, abria a boca e bocejava.

O irmão mais novo esperou até a serpente bocejar outra vez, então remou o barco diretamente para dentro da boca da criatura. De repente, o barco estava flutuando pelo esôfago da serpente do mar a toda velocidade, espirrando água e balançando. O garoto se segurou com firmeza, até que o barco parou no estômago da criatura.

Era muito escuro e fedorento ali dentro. A única luz vinha da pequena chama do torrão de turfa. O irmão mais novo soprou suavemente na chama, que foi crescendo pouco a pouco, até que a barriga foi iluminada pelo fogo. Era como uma grande caverna vermelha. Então, ele colocou a turfa em chamas ao lado de

um monte de madeira de um navio que a serpente do mar havia engolido. Logo, a madeira pegou fogo e queimou vivamente.

 A serpente sentiu o fogo em seu estômago e acordou. O estômago dela começou a se retorcer e a tremer como um terremoto. O menino voltou para o barco e remou de volta, em direção à boca da fera. Enquanto a serpente rugia de dor, ele remou direto para fora.

 A serpente do mar estava se queimando por dentro. Ela lançou a cabeça em direção ao barco e tentou esmagar o menino com suas mandíbulas. Felizmente, o garoto conseguiu evitar os ataques e remou o mais rápido que pôde em direção à costa. Com um último rugido poderoso, a serpente morreu, e sua cabeça se chocou de volta na água.

A onda levou o garotinho de volta ao porto. Quando as pessoas na região viram o que ele havia feito, levaram o menino ao rei, e ele foi proclamado um grande herói.

O irmão mais novo se casou com a filha do rei e pegou a espada. Porém, ele não esqueceu sua família. Convidou todos os seus familiares para viver no castelo com ele e fez questão de que seu trono ficasse perto de uma grande lareira, assim como seu lugar preferido perto da lareira em sua antiga casa. Então, o jovem, a princesa e toda a família viveram felizes para sempre.

# A torre do cavaleiro

Era uma vez um jovem bondoso chamado Thomas, o mais novo de três irmãos. Seus dois irmãos mais velhos haviam partido para o mundo em busca de suas fortunas. Eram conhecidos por toda parte como bravos jovens que lutavam contra monstros e resgatavam donzelas.

Thomas queria muito ser um herói, assim como seus irmãos, mas não sabia como. "Se ao menos eu pudesse descobrir o segredo de ser um herói", refletiu ele, muito triste.

Um dia, Thomas estava andando ao longo de um caminho na floresta quando viu um estranho senhor que tinha caído em uma poça. Então, o garoto ajudou o homem a se levantar.

— Em troca de sua bondade – disse o senhor –, responderei a qualquer pergunta que você fizer.

— Como posso me tornar um herói? – perguntou Thomas.

O senhor deu um velho sorriso torto.

— Há apenas uma pessoa que pode lhe dizer isso – respondeu ele. – Você deve perguntar ao cavaleiro que vive no topo da torre alta, nas profundezas da floresta.

Thomas ficou intrigado com as palavras do senhor, mas, mesmo assim, agradeceu e partiu para a floresta. Ele não tinha ido muito longe quando ouviu um som estranho, um gemido. Thomas seguiu o som, que parecia vir de uma clareira entre as árvores.

Thomas alcançou a clareira e encontrou um lobo que estava gemendo.

# A torre do cavaleiro

O garoto estava prestes a fugir quando viu que o lobo tinha um espinho na pata. "Se eu o ajudar, ele pode tentar me morder", pensou Thomas, mas tirou o espinho da pata do lobo mesmo assim.

— Obrigado, estranho – disse o lobo, com voz suave. – Posso ajudá-lo?

— Estou procurando a torre do cavaleiro – disse Thomas.

— Eu mostrarei o caminho a você – disse o lobo, e o garoto o seguiu até as profundezas da floresta. – Só posso vir até aqui – disse o lobo, então desapareceu de volta para a floresta.

Thomas continuou caminhando, até que ouviu outro som. Era um gemido alto, com um rosnado. Abrindo caminho entre as árvores, Thomas encontrou um grande urso-pardo que havia prendido a pata em uma árvore caída. "Se eu ajudá-lo, ele pode me perseguir quando estiver livre", pensou Thomas. Apesar disso, o garoto ajudou o urso a soltar a pata.

Em vez de atacar Thomas, o urso perguntou:

— O que posso fazer por você?

Thomas contou sobre a torre do cavaleiro.

— Eu levarei você até a torre — disse o urso. — Suba nas minhas costas.

Thomas subiu nas costas do urso, que correu pela floresta até chegar a uma torre tão alta que despontava acima das árvores e cujo topo se perdia nas nuvens.

O urso correu de volta para a floresta enquanto Thomas observava ao redor da torre. O garoto viu que não havia porta nem janelas. Era impossível entrar.

Thomas ouviu um rugido baixo e rouco. Seguindo o som, Thomas encontrou um grande dragão verde, que tinha ficado preso em um deslizamento de terra. Agora, uma de suas asas estava presa sob uma grande pilha de pedras. "Se eu ajudar o dragão, com certeza ele vai me devorar", pensou Thomas. Mas o dragão parecia tão triste e machucado que Thomas não pôde deixá-lo para trás. Assim, retirou as pedras da asa do dragão, até que ele estivesse livre novamente.

O dragão se ergueu e bateu suas asas, e Thomas ficou com medo de ser transformado em churrasquinho. Porém, o dragão perguntou:

— Como posso agradecer a você?

Thomas explicou sobre a torre do cavaleiro.

— Suba nas minhas costas — disse o dragão. Thomas estava assustado, mas fez como o dragão sugeriu.

Então, Thomas se agarrou ao pescoço do dragão e eles voaram para o alto, em direção às nuvens. Acima delas, Thomas viu uma pequena saliência e uma porta no topo da torre. O dragão voou até a saliência e Thomas pisou nela.

A porta foi aberta por um cavaleiro em armadura brilhante, que convidou Thomas para entrar na torre.

— Grande cavaleiro — perguntou Thomas —, como posso me tornar um herói?

— Um herói tem bondade — disse o cavaleiro. — Você ajudou o lobo na floresta?

— Sim, ajudei — disse Thomas.

— Um herói tem espírito — disse o cavaleiro. — Você cavalgou o urso?

— Sim — disse Thomas.

— E, acima de tudo, um herói tem coragem — disse o cavaleiro. — Você voou até aqui com o dragão?

— Sim — disse Thomas.

— Então você já é um herói — retrucou o cavaleiro. — Na base da torre, você encontrará presentes adequados para um herói.

O dragão levou Thomas de volta para a base da torre. Um orgulhoso cavalo negro e uma brilhante armadura estavam esperando por ele.

Thomas vestiu a armadura, montou o cavalo negro e partiu pela floresta em busca de sua fortuna. Após muitas aventuras, Thomas ficou muito rico. Ele se tornou o maior herói da terra e viveu feliz para sempre.

❦ Histórias fantásticas para garotos ❦

# O cavaleiro troll

Era uma vez um cavaleiro chamado Sir Benjamim, que vivia em um castelo branco. Sir Benjamim montava um cavalo todo branco, e sua armadura sempre reluzia. Todos os dias, o rei e sua filha, a princesa, passavam pelo castelo de Sir Benjamim, que sempre ia galopando para cumprimentá-los, segurando sua espada brilhante no ar. Ele tinha muito orgulho de seu cavalo, sua armadura e seu castelo.

Um dia, Sir Benjamim estava galopando perto do lago próximo de seu castelo quando encontrou uma idosa. Ela era muito estranha, tinha o nariz verruguento, dentes tortos e uma corcunda.

— Afaste-se — disse Sir Benjamim severamente, descendo de seu cavalo. — Não sabe que o rei vai passar aqui em breve? Ele não vai querer ver uma velha feia como você!

A velha era uma bruxa.

— Como se atreve a falar comigo dessa maneira? — ela gritou. — Vamos ver o que você acha de ser feio! — Ela levantou as mãos e murmurou um feitiço poderoso.

Sir Benjamim sentiu o corpo crescer. Sua armadura se soltou e voou em todas as direções. O cavalo fugiu assustado. Sir Benjamim se olhou no lago e descobriu que era um troll peludo e azul-acinzentado. Seus braços se tornaram longos e seus dedos agora terminavam em garras. Ele tinha o nariz enorme e os dentes amarelos gigantes, e seus olhos eram grandes e redondos como pratos de jantar.

— Me transforme de volta! — gritou Sir Benjamim, mas a bruxa desapareceu em um lampejo de luz roxa.

— Você só poderá voltar ao normal quando uma bela donzela lhe der um beijo — ela gargalhou, então desapareceu.

Sir Benjamim voltou ao seu castelo com raiva.

— Olhem o que aconteceu comigo! — gritou para seus cavaleiros.

Mas quando o viram, investiram contra ele, gritando.

— Matem o troll.

Sir Benjamim tentou fugir, mas os cavaleiros jogaram grossas correntes ao redor dele e o arrastaram para as masmorras do castelo.

— Sir Benjamim lidará com você mais tarde — disseram.

Não importava quantas vezes ele tentasse explicar sobre a maldição da bruxa: eles não lhe davam ouvidos.

Ele estava muito infeliz na masmorra. Dois cavaleiros o vigiavam o tempo todo, e as únicas criaturas que ele via eram os ratos que corriam pela cela. Sir Benjamim dava aos ratos os restos de sua comida.

— Pelo menos, vocês não têm medo de mim — disse a eles.

— Onde está Sir Benjamim? — disse um dos cavaleiros de guarda, um dia.

— Estou feliz por ele não estar aqui — disse o outro cavaleiro. — Ele nos faz polir

## O cavaleiro troll

e limpar todo o castelo. Enquanto ele estiver fora, podemos nos divertir.

Sir Benjamim suspirou. Não percebeu que tinha sido tão cruel com seus cavaleiros.

Em uma noite de lua cheia, Sir Benjamim foi acordado por um pequeno toque em seu grande nariz de troll. Era um dos ratos, que apontou para a porta de madeira, mostrando a ele que os ratos haviam roído as dobradiças. Ele finalmente poderia escapar.

— Obrigado, meus amigos — disse Sir Benjamim, com a voz muito baixa, enquanto passava sem ser visto pelos guardas roncando. Assim, ele fugiu do castelo.

## Histórias fantásticas para garotos

Mas a vida no mundo fora do castelo não melhorou muito. Ninguém queria ser amigo de um troll. Claro, nenhuma bela donzela sequer chegaria perto dele, então ele nunca poderia receber o beijo que restauraria sua verdadeira forma.

Sir Benjamim vagou por toda parte, até chegar a uma terra a oeste de seu reino, governada por um imperador malvado.

Certo dia, enquanto o imperador e seus homens atravessavam uma ponte, Sir Benjamim se escondeu debaixo dela e ouviu o que estavam dizendo.

— Logo atacaremos a terra a leste — disse o imperador. — Então, o castelo do rei será meu.

— Devo contar ao meu rei — disse Sir Benjamim, ofegante. Assim, ele começou a longa jornada de volta para seu reino.

O inverno havia coberto a terra de neve, por isso a jornada era fria e difícil. O exército do imperador estava marchando atrás dele, apenas a um dia de distância. Mas ele continuou lutando, até ver as torres do castelo do rei à sua frente.

## O cavaleiro troll

— Tenho notícias importantes para o rei — disse ele, aos sentinelas no portão, mas eles não deram ouvidos ao troll e o expulsaram com suas armas.

Sir Benjamim estava tão zangado que quase rugiu de raiva, mas pensou em um plano. Naquela noite, quando ninguém podia vê-lo, ele usou suas grandes garras de ogro para escalar os muros de pedra do castelo. Foi uma escalada longa e difícil, mas ele conseguiu alcançar a janela da torre mais alta e entrar. O rei e a princesa estavam lá, cercados por seus guardas reais.

— Vossa Majestade — disse Sir Benjamim —, seu reino corre grave perigo.

Os guardas avançaram contra Sir Benjamim para golpeá-lo, mas o sábio rei os deteve.

— Vamos ouvir o que essa criatura tem a dizer — disse o rei.

Sir Benjamim explicou sobre o exército do imperador. O rei enviou batedores e descobriu que Sir Benjamim estava dizendo a verdade. O exército não estava longe, mas o rei teve tempo suficiente para erguer a ponte levadiça e defender o

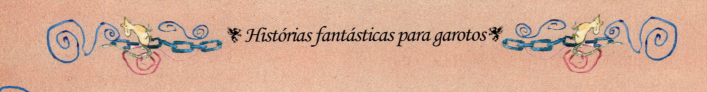

castelo do exército inimigo. Houve um grande cerco, mas depois de muitos dias, o exército do imperador maligno foi derrotado.

— Você salvou o reino. O que gostaria de receber em troca? – perguntou o rei.

— Eu não quero nada – disse Sir Benjamim. – Fico muito feliz em saber que o reino está seguro.

Ao ouvir isso, a princesa ficou tão grata que se pôs na ponta dos pés e beijou Sir Benjamim na ponta do enorme nariz de troll.

Sir Benjamim sentiu que seu corpo estava encolhendo. Suas garras voltaram a ser mãos, e seu nariz e olhos diminuíram. Ele tinha voltado à sua forma humana! Todos no palácio ficaram surpresos.

## O cavaleiro troll

Sir Benjamim e a princesa se apaixonaram e se casaram. Anos depois, ele se tornou rei e governou a terra com sabedoria. Assim, ele decidiu nunca mais julgar as pessoas pela aparência e nunca mais foi grosseiro com os outros.

*Histórias fantásticas para garotos*

# O dragão de fogo

Era uma vez uma pequena aldeia perto do mar. Era um lugar tão tranquilo que dava até sono. Só que, um dia, um dragão decidiu morar em um penhasco próximo dali.

Esse dragão era vermelho-vivo e parecia brilhar por dentro como brasas. Quando ele abria a boca para rugir, disparava grandes chamas e deixava pegadas abrasadoras por onde andava.

Quando os aldeões deixavam de empilhar carvão em frente ao covil do dragão para ele comer, ele sobrevoava a cidade, incendiando edifícios e queimando os campos. Não havia cavaleiros na aldeia, e quando os aldeões enviaram um mensageiro ao rei, ele respondeu que todos os seus cavaleiros estavam ocupados em terras estrangeiras.

O filho de um moleiro vivia no antigo moinho junto ao rio profundo e largo que atravessava a aldeia.

— O que podemos fazer? — perguntou ele ao avô, que estava sentado em uma cadeira junto à lareira. — Logo, o dragão destruirá toda a aldeia.

— Só uma coisa pode destruir um dragão de fogo — disse o avô, derramando um pouco de água no fogo, que sibilou. — Um dragão de água. Mas os dragões aquáticos são orgulhosos e poderosos e vivem nas profundezas do oceano. Eles não gostam de humanos. Acho que eles não vão querer nos ajudar.

# O dragão de fogo

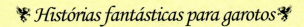

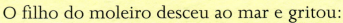

O filho do moleiro desceu ao mar e gritou:

— Dragões de água, algum de vocês pode nos ajudar a derrotar um dragão de fogo?

Uma grande cabeça emergiu da água, elevando-se acima do filho do moleiro. Era um dragão cujo corpo brilhava e fluía como a própria água.

— Não nos perturbe — disse o dragão da água. — Não temos amor pelos humanos e odiamos os dragões de fogo com a mesma intensidade.

— Se vocês não nos ajudarem, todas essas pessoas morrerão — disse o filho do moleiro.

— Eu só vou ajudar se você me provar que vale a pena salvar os humanos — disse o dragão de água. — Mostre-me alguma maravilha que os humanos fizeram.

"Se ao menos tivéssemos um grande castelo, ou um anel mágico, ou uma estátua de ouro", pensou o filho do moleiro. "Mas a nossa aldeia é pobre. Não temos nada para mostrar ao dragão".

 *O dragão de fogo*

Enquanto pensava, ele partiu um pedaço de pão para comer.
— O que é isso? — perguntou o dragão da água.
— Isto? — disse o filho do moleiro. — Isto é pão.
O dragão da água nunca tinha visto pão. O filho do moleiro explicou como o agricultor cultivava a semente e colhia o trigo. Em seguida, contou como seu pai transformava o trigo em farinha e como o padeiro da aldeia transformava-o em uma massa, que crescia no forno e se tornava pão.
— Humanos fazem isso juntos? — perguntou o dragão de água. — Apesar de toda a nossa força e poder, nenhum dragão jamais trabalhou com outro para fazer algo tão bom e útil. Este pão é uma maravilha. Vou ajudar você.
O dragão mergulhou de volta na água e, por um momento, o filho do moleiro pensou que ele tivesse sumido. Mas o dragão de água saiu do mar,

*Histórias fantásticas para garotos*

como uma onda gigantesca. Ele desceu o rio até a aldeia, mais rápido do que o filho do moleiro conseguia correr.

O dragão de fogo havia saído do ninho. Quando viu o dragão de água no rio, deu um rugido horrível e o atacou. Os dois travaram uma grande batalha. O dragão de água tentou encharcar o dragão de fogo para apagar sua chama, mas a chama atingiu o dragão de água.

Eles se contorciam e giravam como grandes cobras na água e, onde quer que o fogo tocasse a água, ouvia-se um som sibilante alto. Todos os aldeões apareceram para assistir à batalha, mas o rio estava coberto por nuvens de vapor e fumaça.

O dragão de fogo arrastou o dragão de água para a margem do rio. Em terra, os poderes do dragão de água eram mais fracos, e ele não conseguia revidar. Quando o dragão de fogo se abaixou para abocanhar o dragão de água, este deu um urro.

## ❦ O dragão de fogo ❦

Todos os outros dragões de água desceram o rio, em um estrondo de espuma e respingos. Eles puxaram o dragão de fogo para longe do dragão de água e o mergulharam profundamente no rio, até que o fogo dele se apagou. O dragão de fogo foi arrastado para o mar, para nunca mais voltar.

O filho do moleiro tentou agradecer aos dragões de água, mas eles já haviam retornado ao mar.

Assim, o filho do moleiro e todos os outros aldeões ficaram livres do dragão de fogo e todos viveram felizes e em paz para sempre.

 Histórias fantásticas para garotos

# A missão do bobo da corte

Era uma vez, um dragão verde malvado que vivia em uma caverna nas montanhas. Esse dragão voava pelo reino, devorando ovelhas, assustando crianças e, às vezes, até devorando um ou dois aldeões.

A rainha convocou todos os cavaleiros do castelo para comparecerem ao Salão Real.

— Há alguém entre vocês corajoso o suficiente para enfrentar o dragão?

Mas todos os cavaleiros ficaram em silêncio. Eles eram velhos e covardes e não tinham vontade de lutar contra o dragão.

O bobo da corte da rainha, sentado aos pés de seu trono, riu deles.

— Eles não são mais corajosos do que um monte de gatinhos, Vossa Majestade!

Esse bobo da corte era o favorito da rainha. Ele adorava rir, fazer piadas, agitar seu cajado e sacudir o chapéu amarelo e vermelho coberto de sinos.

— Então eu escolherei um de vocês aleatoriamente — disse a rainha. — Faço um juramento solene: quem for escolhido lutará contra o dragão.

Todos os nomes dos cavaleiros foram colocados em uma caixa de prata e um foi sorteado. A rainha anunciou o nome em voz alta.

— Aquele que irá lutar contra o dragão é o bobo da corte.

O salão ficou em silêncio quando o bobo da corte deu um passo à frente.

— Mas eu não sou um cavaleiro, Vossa Majestade — disse ele. — Deve haver algum tipo de engano.

# A missão do bobo da corte

### Histórias fantásticas para garotos

— Não importa! — replicou a rainha, severa. — Você partirá amanhã para lutar contra o dragão.

Na primeira noite de sua jornada, o bobo da corte ficou em uma taverna perto de um grande círculo de pedras. Ele entreteve as pessoas com suas acrobacias, mas não pediu pagamento. Em vez disso, pediu às pessoas da taverna que cobrissem as pedras do círculo com tinta branca. Elas ficaram confusas, mas fizeram o que ele pediu.

Em seguida, o bobo da corte passou por um desfiladeiro rochoso cheio de enormes pedras. As pessoas viajaram quilômetros de todas as direções para ouvir suas piadas; mas, em vez de pedir dinheiro, ele pediu às pessoas que rolassem uma pedra gigantesca pelo desfiladeiro, onde ela se partiu ao meio.

Finalmente, o bobo da corte chegou a uma pequena vila no sopé da montanha do dragão. As pessoas ali eram sérias e desconfiadas, mas isso não impediu que elas rissem de suas histórias e de seus truques de malabarismo.

## 🐉 A missão do bobo da corte 🐉

— Não me deem dinheiro – disse o bobo da corte. – Em vez disso, por favor, cavem um buraco redondo e depois cavem três fendas triangulares nele.

Os aldeões ficaram confusos, mas concordaram em fazer o que o bobo da corte havia pedido.

O bobo da corte se despediu deles e viajou até o topo da montanha fria e escura, onde ficava a caverna do dragão. Na entrada, ele teve tanto medo que quase desistiu de entrar. "Não é pior do que me apresentar diante da rainha", ele pensou. Embora isso estivesse longe de ser verdade, deu-lhe coragem para entrar na caverna.

Lá dentro, o dragão estava agachado em seu tesouro, rosnando, cuspindo e fazendo grandes arranhões na rocha com suas longas garras.

— Outro cavaleiro para me desafiar – rugiu o dragão. – Venha cá, para que eu possa devorar você.

O dragão deu um tapa no bobo da corte e o pegou em suas garras, como um gato pega um rato.

— Espere, ó poderoso dragão – disse o bobo da corte. — Eu não sou um cavaleiro. Estou aqui em nome do Grande Dragão. Ele quer desafiá-lo para uma luta.

— O Grande Dragão? Nunca ouvi falar dele – rugiu o dragão. Mas não devorou o bobo da corte.

— O Grande Dragão quer descobrir se você é tão forte quanto ele – disse o bobo da corte. — Isto é, se você tiver coragem.

O dragão rugiu como uma fornalha, e enormes rajadas de chamas saíram de suas narinas.

— Leve-me a esse suposto Grande Dragão – disse o dragão.

## A missão do bobo da corte

O bobo da corte conduziu o dragão ao descer pela montanha, e, juntos, foram até o lugar onde os aldeões haviam cavado o buraco enorme. Era tão grande que o dragão quase cabia dentro.

— Ah, olhe — disse o bobo da corte. — Aqui está uma das pegadas do Grande Dragão. Ele não deve estar longe.

O dragão pareceu surpreso.

— Ele pode ter o tamanho que for, mas eu vou vencê-lo.

Então o bobo da corte levou o dragão até o desfiladeiro, onde viu a poderosa pedra que estava partida em duas.

— Olhe — disse o bobo da corte. — O Grande Dragão come pedras como essa no café da manhã. Ele deve ter mastigado essa e depois cuspido, porque está pequena demais.

Pela primeira vez, o dragão se mostrou nervoso.

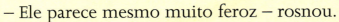
*Histórias fantásticas para garotos*

— Ele parece mesmo muito feroz – rosnou.

Então, o bobo da corte e o dragão chegaram ao círculo de pedras que as pessoas locais haviam pintado de branco.

— Ah – disse o bobo da corte, enquanto o dragão andava em volta do círculo, olhando para as pedras enormes. – Este é um antigo conjunto de dentes do Grande Dragão! Ele troca de dentes todo ano. Este conjunto de dentes deve ser de alguns anos atrás, pois são bastante pequenos em comparação com o novo conjunto. Na verdade, acho que estou vendo o Grande Dragão lá longe.

Isso foi demais para o dragão. Ele deu um grito de medo e voou para longe, para uma terra distante, onde esperava que o Grande Dragão nunca o encontrasse.

O bobo da corte riu e voltou para a caverna vazia do dragão. Então, pegou o tesouro e o levou de volta ao palácio. Todos os cavaleiros ficaram muito surpresos, e a rainha ficou extremamente grata.

— Há uma coisa que eu não entendo, Vossa Majestade – disse o bobo da corte. – Quem colocou meu nome na caixa de prata em primeiro lugar?

## ❦ *A missão do bobo da corte* ❦

— Deve ter sido alguém que sabia que você era o homem mais corajoso e inteligente do castelo — disse a rainha, sorrindo secretamente para si mesma.

O bobo da corte levou seu tesouro embora, mas não parou de fazer piadas. Ele se tornou o único bobo da corte no reino que carregava um cajado de ouro e usava um chapéu de prata com sininhos de ouro de verdade.

*Histórias fantásticas para garotos*

# O cavaleiro do leão dourado

Era uma vez um rei cujo filho se chamava Marcos. O príncipe Marcos era pequeno e magro e não era muito bom em esportes reais. Quando ele tentava a falcoaria, era mordido pelos falcões. Quando tentava caçar, era perseguido por lobos. Ele tentou praticar arco e flecha, mas quase acertou o próprio pé. Nada parecia funcionar para ele.

Mas o príncipe Marcos adorava assistir aos torneios de justa, no qual dois cavaleiros montados investiam um contra o outro com lanças e tentavam derrubar um ao outro no chão. Era muito rápido e muito perigoso, mas o príncipe desejava participar.

O príncipe Marcos foi até seu pai, o rei.

— Como posso me tornar um grande cavaleiro? — ele perguntou.

— Vá até a feiticeira que mora na casa solitária de pedra no topo da colina — disse o rei. — Ela certamente será capaz de ajudar você.

O príncipe Marcos viajou até a solitária casa de pedra, esperando encontrar uma velha bruxa, mas a feiticeira era uma linda moça, não mais velha do que ele.

— Eu posso ajudar, se você realmente quiser — disse a feiticeira. — Mas a magia tem seu preço. Você não saberá qual é até que precise pagar. Ainda quer se tornar um grande cavaleiro?

— Ah, sim! — disse o príncipe Marcos.

❦ *O cavaleiro do leão dourado* ❦

Então, a feiticeira reuniu suas poções e as jogou na fogueira verde sinistra no meio do cômodo.

– Coloque a mão na fogueira – disse a feiticeira.

O príncipe Marcos colocou a mão... não estava quente! Ele puxou uma lança dourada. Agradeceu à feiticeira e levou a lança de volta ao castelo.

O príncipe Marcos entrou no torneio seguinte e descobriu que a lança dourada estava encantada. Enquanto ele galopava em direção aos cavaleiros inimigos, parecia que a lança encontrava seu alvo sozinha. Logo, todos estavam aplaudindo o príncipe Marcos, mas ninguém sabia o segredo da lança dourada.

Enquanto o príncipe preparava seu cavalo para o próximo torneio, um estranho cavaleiro apareceu cavalgando, usando uma armadura dourada que brilhava no sol. Seu capacete tinha a forma de uma cabeça de leão, sobre seu rosto severo e barbudo.

## O cavaleiro do leão dourado

O mais estranho de tudo: ele não estava montando um cavalo. Em vez disso, montava um grande leão peludo, que ergueu a cabeça e deu um rugido alto o suficiente para assustar todos os cavalos.

— Eu sou o cavaleiro do leão dourado — gritou o cavaleiro. — Quem aqui vai me desafiar?

O rei verificou ansiosamente as regras da justa.

— Não há nada nas regras que diga que um cavaleiro não pode competir montado em um leão — ele disse aos seus cavaleiros. — Você pode aceitar o desafio dele.

Um após o outro, os cavaleiros do rei se alinharam e investiram contra o cavaleiro do leão dourado. O leão feroz assustava os cavalos, fazendo com que

*Histórias fantásticas para garotos*

não galopassem direito. O cavaleiro do leão dourado golpeava as lanças deles como se fossem palhas e as derrubava todas.

— Se ninguém puder me derrotar, eu serei o vencedor do torneio! — bradou o cavaleiro do leão dourado.

— Espere — disse o príncipe Marcos com uma voz baixa. — Eu o desafiarei amanhã ao amanhecer.

Naquela noite, o príncipe Marcos visitou a feiticeira. Ela entoou encantos em sua fogueira, até que imagens estranhas apareceram.

— O cavaleiro extrai seu poder do elmo dourado — disse a feiticeira. — Apenas magia dourada pode derrotar magia dourada. Você deve mirar sua lança no elmo. Quando se tocarem, tanto a lança quanto o capacete desaparecerão.

— Mas sem a lança, não posso ganhar o torneio — disse o príncipe Marcos, consternado.

— Eu lhe disse que haveria um preço — afirmou a feiticeira.

Antes que o sol nascesse na manhã seguinte, o príncipe estava pronto e à

## O cavaleiro do leão dourado

espera. Ele colocou sua armadura, selou o cavalo e pegou a lança. Quando o sol surgiu sobre as colinas, o cavaleiro do leão dourado apareceu montado em seu animal peludo.

— Você ainda ousa me desafiar? — rosnou o cavaleiro.

O príncipe Marcos fez que sim. Ele estava nervoso demais para falar.

Diante da multidão observadora, o príncipe e o cavaleiro investiram um contra o outro. O cavalo do príncipe era valente e seguiu em linha reta na direção do cavaleiro.

O chão parecia passar rápido pelo príncipe. Ele tentou mirar a lança dourada no capacete do cavaleiro, mas a lança resistiu, pois queria atingir o cavaleiro no peito.

Com toda a sua força, o príncipe Marcos forçou a lança dourada para cima. Ela pegou apenas o topo do capacete e o derrubou no chão.

O cavaleiro do leão dourado se transformou. De repente, sua armadura era

Histórias fantásticas para garotos

de aço enferrujado. Seu leão poderoso se tornou um cavalo normal e ele não era maior nem mais forte que o príncipe Marcos.

— Não é justo! — gritou o cavaleiro. — Mas eu ainda não fui derrotado. Você tem uma última chance de me derrubar, ou eu vencerei este torneio.

Príncipe Marcos pegou uma lança de madeira normal da feiticeira, que estava observando.

— Você vai me dizer que a lança dourada não era mágica, afinal? — perguntou o príncipe. — Talvez fosse seu truque astuto e eu já tivesse a força necessária para derrotar o cavaleiro do leão dourado o tempo todo?

— Não — disse a feiticeira. — A lança realmente era mágica.

— Ah — murmurou o príncipe Marcos. — Então eu realmente não tenho esperança.

A feiticeira sorriu para ele e o beijou na bochecha.

— Acho que você consegue — disse ela.

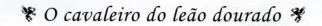
## O cavaleiro do leão dourado

Atordoado, envergonhado e satisfeito, o príncipe enfrentou o cavaleiro pela última vez. A lança de madeira era pesada e desajeitada, mas ele a segurou com firmeza. Enquanto seu cavalo galopava em direção ao cavaleiro, ele inclinou a lâmina para baixo no escudo do oponente. A lança se partiu, e o cavaleiro do leão dourado vacilou, depois tremeu e, finalmente, tombou no chão, praguejando.

A multidão se levantou e aplaudiu, e o rei concedeu ao príncipe Marcos o título de "Campeão do torneio".

Pouco depois, o príncipe Marcos se casou com a feiticeira. Ele se tornou um cavaleiro importante e poderoso, e os dois viveram felizes para sempre.

 Histórias fantásticas para garotos

# Sir Ricardo e o Cavaleiro Vermelho

Era uma vez um bravo cavaleiro chamado Sir Ricardo, que vivia em um castelo, sozinho, sem ninguém. Sir Ricardo era um grande guerreiro, mas era orgulhoso e arrogante. Ele não tinha amigos para visitá-lo em seu castelo e vivia uma vida solitária.

Um dia, houve um grande estrondo no portão do castelo.

— Deixe-me entrar! — gritou alguém de voz muito grave. — Eu sou o Cavaleiro Vermelho!

Sir Ricardo abriu o portão e teve uma visão tremenda. Era um homem com uma armadura vermelha. Sir Ricardo era alto, mas o homem era ainda mais alto, elevando-se sobre ele. O Cavaleiro Vermelho tinha uma longa barba vermelha e cabelos vermelhos, e até seus olhos pareciam flamejar e brilhar.

— Deixe-me passar, Sir Ricardo — disse o Cavaleiro Vermelho, adentrando o pátio vazio do castelo. — Gostei do seu castelo. A partir de agora, ele é meu.

— Nunca! — gritou Sir Ricardo, sacando sua longa espada. — Eu o desafio para um duelo. Se você vencer, pode tomar meu castelo. Se perder, deve partir e nunca mais retornar.

— Concordo — disse o Cavaleiro Vermelho, sacando sua grande espada vermelha, que reluzia perigosamente. Sir Ricardo também sacou sua espada, e os dois cavaleiros começaram a lutar.

Sir Ricardo nunca tinha enfrentado alguém como o Cavaleiro Vermelho antes. Todos os seus golpes de espada ricocheteavam na armadura vermelha. Mesmo sendo muito grande, o Cavaleiro Vermelho era muito rápido.

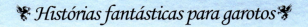

Sir Ricardo lutou bravamente, mas o Cavaleiro Vermelho o desarmou e o jogou no chão.

Sir Ricardo não teve escolha a não ser partir de seu amado castelo apenas com as roupas do corpo e sua espada. Ele cambaleou para a floresta abaixo do castelo, cansado e triste.

Dia após dia, Sir Ricardo vagou pela floresta. Ele dormia sob as árvores, usando uma pedra como travesseiro. Logo, suas roupas ficaram esfarrapadas e gastas, e seu rosto ficou magro e pálido.

Um dia, quando ele havia reunido um punhado de nozes e frutas silvestres para comer, ouviu alguém se aproximar. Era um mendigo de aparência suja.

— Por favor — disse o mendigo —, pode me dar um pouco da sua comida?

Sir Ricardo teve piedade do pobre homem e dividiu com ele sua modesta refeição.

— Obrigado — disse o mendigo. — Vamos viajar juntos pela região.

## Sir Ricardo e o Cavaleiro Vermelho

Sir Ricardo concordou e logo descobriu que era muito mais fácil encontrar comida na floresta quando havia duas pessoas para procurar.

Algum tempo depois, Sir Ricardo e o mendigo encontraram um cavalo em uma clareira. Era o cavalo mais nobre que o cavaleiro já tinha visto. Seu pelo era branco sedoso, e sua cabeça, bem empinada. Mas ele mancava devido a uma ferida na pata dianteira.

Sir Ricardo falou suavemente com o cavalo e enfaixou a pata do animal com um pedaço rasgado de suas roupas.

— Você pode se juntar a nós — ele disse ao cavalo. — Vamos cuidar de você.

Sir Ricardo pensou em todos os cavalos que ele mantinha nos estábulos do castelo e desejou tê-los tratado melhor. "Agora sei como é passar frio e fome", pensou Sir Ricardo.

À medida que os dias passavam, a pata do cavalo começou a melhorar e, logo, ele estava trotando alegremente e mordiscando a grama.

Um dia, enquanto Sir Ricardo, o mendigo e o cavalo atravessavam a floresta, eles ouviram um rugido desesperado. Sir Ricardo seguiu o som e encontrou um grande urso-pardo com uma pata presa em uma armadilha cruel. O urso virou a cabeça para Sir Ricardo, que viu tanta dor em seus olhos que sentiu a necessidade de ajudar.

*Histórias fantásticas para garotos*

    Cuidadosamente, Sir Ricardo se aproximou do urso. O animal não o atacou, apenas gemeu mais alto. Sir Ricardo abriu a armadilha com toda a sua força. O urso retirou a pata e, com um olhar de gratidão, afastou-se para as profundezas da floresta.

    — Aquela armadilha cruel deve ter sido colocada pelo Cavaleiro Vermelho — disse Sir Ricardo ao mendigo. — Eu queria poder derrotá-lo e recuperar meu castelo.

    — Talvez você possa — disse o mendigo. — Eu era um grande mago antes de o Cavaleiro Vermelho me enganar e tirar de mim toda a minha riqueza. Ainda tenho um pouco de magia.

    O mendigo pegou a velha espada de Sir Ricardo e recitou algumas palavras estranhas acima dela. A espada brilhou com um poder misterioso.

 *Sir Ricardo e o Cavaleiro Vermelho*

— Agora a espada perfurará a armadura do Cavaleiro Vermelho.
— disse o mendigo.

Então, Sir Ricardo fez a longa jornada de volta ao seu castelo, no lombo do seu cavalo branco. Ele bateu no portão, assim como o Cavaleiro Vermelho havia feito.

— Cavaleiro Vermelho! — chamou Sir Ricardo. — Eu o desafio. Venha e lute.

O Cavaleiro Vermelho abriu o portão. Sir Ricardo galopou para o pátio, e a batalha começou.

O Cavaleiro Vermelho era rápido, mas, desta vez, Sir Ricardo estava montado no cavalo, que era mais rápido que o Cavaleiro Vermelho.

143

Com sua espada encantada, Sir Ricardo conseguiu desferir alguns golpes poderosos no Cavaleiro Vermelho.

Justo quando parecia que Sir Ricardo ia vencê-lo, o Cavaleiro Vermelho levantou os braços e recitou um feitiço. Sir Ricardo se viu caindo do cavalo.

– Agora eu vou matar você! – gritou o Cavaleiro Vermelho, erguendo sua espada para cortar a cabeça de Sir Ricardo.

Antes que pudesse descer a espada, o Cavaleiro Vermelho foi derrubado por algo enorme e marrom. Era o urso que Sir Ricardo havia salvado da armadilha. Juntos, ele e o urso expulsaram do castelo o Cavaleiro Vermelho, que correu morro abaixo e sumiu para longe, finalmente derrotado.

Num piscar de olhos, o urso se transformou em um nobre cavaleiro.

## Sir Ricardo e o Cavaleiro Vermelho

— Eu fui amaldiçoado pelo Cavaleiro Vermelho — disse ele —, mas agora quebramos seu poder para sempre.

Então, finalmente, Sir Ricardo recuperou seu castelo. Ele convidou o cavaleiro e o mendigo mago para viverem com ele, e o cavalo branco recebeu um estábulo quente e todo o feno que podia comer. Com novos amigos ao seu redor, Sir Ricardo nunca mais ficou solitário.

*Histórias fantásticas para garotos*

# Sir Galvão e o Cavaleiro Verde

Era Natal no castelo de Camelot. O rei Artur e seus cavaleiros estavam celebrando com um grande banquete. As chamas da lareira cintilavam, e as mesas gemiam sob o peso da comida. Todos os cavaleiros e suas damas estavam rindo e brincando.

De repente, a porta do Grande Salão se abriu e um cavaleiro gigante entrou. Ele estava coberto com uma armadura verde. Seus olhos pareciam brilhar como esmeraldas, e sua barba era como um emaranhado de galhos e folhas. Até mesmo o pelo de seu cavalo tinha um tom verde-musgo profundo. Ele carregava um machado afiado, feito de algum metal verde estranho e quase tão grande quanto ele. Brilhantes frutos de azevinho cresciam ao redor do cabo.

O rei Artur e seus cavaleiros ficaram em silêncio enquanto o estranho cavaleiro dizia:

— Eu desafio um de vocês para um duelo até a morte. Ele deve me golpear primeiro. Então deve prometer que eu terei a chance de golpear de volta. Há algum de vocês, rapazes sem barba, corajoso o suficiente para lutar contra mim?

Sir Galvão era o mais corajoso dos cavaleiros de Artur. Ele se levantou.

— Eu aceito — disse ele. Então, o Cavaleiro Verde desceu do cavalo.

Sir Galvão empunhou a espada e golpeou a cabeça do Cavaleiro Verde.

146

## Sir Galvão e o Cavaleiro Verde

*Histórias fantásticas para garotos*

Ele não sabia que o estranho Cavaleiro Verde estava enfeitiçado e, em vez de cair, ele recolheu sua cabeça, totalmente calmo.

— Daqui a um ano e um dia — disse a cabeça —, você deve prometer me encontrar na capela verde. Ela só aparecerá para você se você não caçar ou matar nada. Então, será minha vez de golpeá-lo.

Assim, o Cavaleiro Verde montou em seu cavalo e saiu gritando do castelo, carregando a própria cabeça.

— Devo encontrar a capela verde — disse Sir Galvão. — Então, preciso permitir que o Cavaleiro Verde me golpeie com seu machado.

— Mas ele vai matá-lo — disse o rei Artur.

— Promessa é dívida — disse Sir Galvão, triste. — Um cavaleiro sempre mantém sua palavra.

Ninguém em Camelot jamais ouvira falar da capela verde. Então, Sir

## Sir Galvão e o Cavaleiro Verde

Galvão cavalgou pela Inglaterra durante toda a primavera e todo o verão, tentando encontrá-la.

À medida que as folhas começavam a cair das árvores e o outono se aproximava, Sir Galvão cavalgou para uma floresta velha e escura. Naqueles dias, ainda havia muitas criaturas selvagens e terríveis vagando pela floresta. Sir Galvão teve que lutar contra dragões verdes que se aninhavam nas raízes das árvores. Ele afastou os lobos com fogo. Teve inclusive que se defender dos homens selvagens da floresta, que eram metade árvore, metade homem. Mas

ele não caçou nem matou nenhum animal selvagem, porque sabia que, se o fizesse, nunca entraria na capela verde.

Depois de muitas aventuras, Sir Galvão chegou a uma grande mansão no meio da floresta. Um homem amigável e de bochechas vermelhas abriu a porta para ele. Sir Galvão perguntou se ele já tinha ouvido falar da capela verde.

— Eu sou Sir Alberto — disse o homem. — A capela verde fica a uma curta distância daqui. Fique conosco até o ano terminar. Tudo o que peço é que você venha caçar comigo.

A esposa de Sir Alberto era uma bela dama e fez um pedido ao cavaleiro:

— Traga-me um cervo, Sir Galvão, e prove que é o melhor cavaleiro da terra.

Assim, no dia seguinte, Sir Galvão foi caçar com Sir Alberto. Sir Galvão avistou um belo cervo, mas sabia que não poderia matá-lo, ou nunca entraria na capela verde. Ele fingiu que preparava suas flechas, e o cervo fugiu.

— Traga-me um javali — disse a esposa de Sir Alberto no segundo dia.

## Sir Galvão e o Cavaleiro Verde

Sir Galvão encontrou um enorme javali selvagem, lá nas profundezas da floresta. O animal avançou com suas presas mortais, mas Sir Galvão o afastou com sua espada, e ele desapareceu de volta para a floresta.

— Há uma raposa vermelha na mata — disse a esposa de Sir Alberto, no terceiro dia. — Qualquer um que usar sua pele estará a salvo de golpes de machado.

Sir Alberto e Sir Galvão foram para a floresta e encontraram a raposa bebendo água em uma poça. Desta vez, Sir Galvão mirou com o arco e, por engano, atirou uma flecha na raposa, mas ela fugiu rapidamente.

No dia seguinte, completava-se um ano e um dia da promessa de Sir Galvão. Ele cavalgou até a capela verde e encontrou uma grande parede de pedra, coberta de hera. Quando ele colocou a mão na pedra, a parede se abriu, permitindo a entrada dele.

A capela verde era uma caverna subterrânea. Suas paredes cintilavam com esmeraldas e raízes profundas de árvores. O Cavaleiro Verde o aguardava. Dessa vez, sua cabeça estava no lugar, sobre os ombros.

— Deite a cabeça nesta pedra — trovejou o Cavaleiro Verde — e eu darei o golpe.

Tremendo, Sir Galvão se ajoelhou e colocou a cabeça na pedra fria.

❧ Histórias fantásticas para garotos ❦

O Cavaleiro Verde desceu o machado – bem na borda do pescoço de Galvão.
– Um golpe ruim – disse o Cavaleiro Verde. – Deixe-me tentar novamente. – Ele abaixou o machado uma segunda vez e parou outra vez no pescoço de Galvão. – Uma última vez – disse o Cavaleiro Verde. – Agora, eu vou acertar.

Ele desceu o machado pela terceira vez. No entanto, apenas roçou o pescoço de Sir Galvão, deixando uma pequena marca.

– Agora você me golpeou, e a aposta está completa! – gritou Sir Galvão. – Vamos lutar como homens. – Ele sacou sua espada, mas o Cavaleiro Verde estava rindo.

– Eu sou Sir Alberto – disse o Cavaleiro Verde. – Ou melhor, ele sou eu. Eu sou o guardião da floresta encantada. Decidi testar se podia confiar em você para não caçar meus preciosos animais selvagens. Nas duas primeiras vezes, você não os caçou. Na terceira vez, você atirou uma flecha na minha raposa. É por isso que meu terceiro golpe tocou seu pescoço. Mas você provou sua

## Sir Galvão e o Cavaleiro Verde

bondade. Você não quebrou sua promessa, mesmo achando que significaria uma morte certa. Os cavaleiros de Artur são realmente os maiores da terra.

Sir Galvão cavalgou para casa, espantado por ter sobrevivido. Quando contou ao rei Artur e seus cavaleiros sobre a aventura, todos decidiram usar fitas verdes, para que nenhum deles esquecesse a coragem de Sir Galvão, ou melhor, a história do Cavaleiro Verde.

✣ Histórias fantásticas para garotos ✣

# O cavaleiro de gelo

Era uma vez dois irmãos chamados Giulio e Rodrigo. Eles adoravam brincar com espadas de madeira e sonhavam crescer e se tornar nobres cavaleiros. Giulio era firme e confiável, mas Rodrigo era perspicaz e aventureiro.

Quando chegou a hora de deixarem o lar, os irmãos seguiram caminhos diferentes.

– Voltaremos a nos encontrar quando tivermos feito nossas fortunas – disseram eles, dando um aperto de mão.

Giulio seguiu pelo caminho em direção a um vale. Não havia viajado muito quando viu um grupo de ladrões. Estavam atacando um homem a cavalo.

Desembainhando sua espada, Giulio correu em direção aos ladrões e os expulsou todos.

O homem a cavalo era um príncipe nobre.

– Você é um homem corajoso, pode ser meu escudeiro – o príncipe disse a Giulio.

A vida era difícil para Giulio. Ele tinha que realizar tarefas para todos os bravos cavaleiros a serviço do príncipe, mas aprendeu a lutar esgrima e a combater em justas. Levou muito tempo, mas chegou um momento em que ele conseguia lutar melhor do que qualquer cavaleiro.

Enquanto isso, Rodrigo seguiu por um caminho diferente. Ele havia ouvido uma lenda sobre um grande encantador do Norte, mais poderoso do que qualquer outro na terra. Assim, Rodrigo viajou para longe, para as terras onde a neve não tinha fim, até encontrar o castelo do encantador,

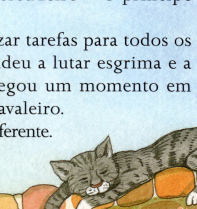

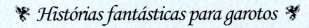

que era feito de gelo. Rodrigo entrou e encontrou o encantador em um trono de gelo, rodeado de leopardos-das-neves de olhos azuis.

— Eu trabalharei com afinco se você permitir que eu seja seu servo – disse Rodrigo.

— Você pode se tornar um cavaleiro imediatamente – disse o encantador. – Apenas os tolos trabalham duro.

O encantador lançou um feitiço, e Rodrigo se viu em uma armadura gelada que refletia o sol pálido como vidro.

O encantador colocou um amuleto no peitoral da armadura.

— Isso lhe dará grandes poderes sobre a neve e o gelo – disse ele.

Por último, o encantador arrancou um grande pedaço de gelo do palácio e lançou um feitiço no fragmento, que se tornou uma grande espada de gelo. Então, ele entregou a espada para Rodrigo.

— Agora, você é meu cavaleiro de gelo – disse o encantador. – Você deve proteger meu castelo de todos os intrusos.

## O cavaleiro de gelo

Rodrigo estendeu a mão para cumprimentar o encantador, que logo se afastou.

– O toque humano é a morte para mim – disse ele.

Logo, Rodrigo descobriu que não sentia mais frio. Na verdade, quanto mais tempo ele passava guardando o palácio de gelo, menos ele conseguia sentir em seu coração.

Um dia, o príncipe contou aos seus cavaleiros sobre o encantador.

– Esse homem mau quer cobrir toda a terra de gelo. Ele deve ser detido. Quem o desafiará por mim?

## Histórias fantásticas para garotos

Giulio se voluntariou para ir ao extremo Norte e lutar. Quando terminou a jornada cansativa, ele encontrou o castelo de gelo. Rodrigo estava do lado de fora, guardando o local, parado como uma estalagmite.

Quando viu o irmão, Giulio ficou radiante. Porém, Rodrigo havia esquecido como sentir.

— Você não deve entrar no castelo do meu mestre — disse Rodrigo, empunhando sua espada de gelo contra o irmão.

Giulio levantou sua espada para bloquear o golpe, e eles começaram a lutar.

Rodrigo invocou fragmentos de gelo e um vento congelante para empurrar Giulio para trás. No entanto, Giulio empunhou a espada e derrubou o amuleto do peito do cavaleiro de gelo. Agora, Rodrigo não podia mais convocar neve e gelo contra o irmão. Por isso, foi obrigado a usar sua espada para lutar.

Como o cavaleiro de gelo não havia treinado tanto quanto seu irmão, ele se cansou mais facilmente. Logo, Rodrigo tropeçou e caiu na neve. Em vez de derrubar o irmão, Giulio o ajudou a se levantar.

## O cavaleiro de gelo

O cavaleiro de gelo ficou surpreso.
— Você poderia ter me derrotado. Por que me ajudou? — ele perguntou.
— Porque você é meu irmão, e eu te amo — disse Giulio.
Rodrigo sentiu seu coração derretendo e todo o calor retornando ao seu corpo.
— Eu estava enfeitiçado todo esse tempo. Vamos derrotar o encantador juntos! — ele gritou.
Eles entraram no palácio, mas encontraram o caminho bloqueado pelos leopardos-das-neves.
— Fomos escravizados pelo encantador — disse o líder dos leopardos-das--neves. — Lutaremos ao seu lado por nossa liberdade.
Lá dentro, o encantador os esperava.
— Traidor! — ele gritou para Rodrigo.
Fragmentos de gelo se transformaram em homens de gelo cintilantes e espinhosos, mas Giulio e Rodrigo despedaçaram todos eles com suas espadas.

*Histórias fantásticas para garotos*

O encantador tentou fugir, mas os leopardos-das-neves rosnaram e impediram sua fuga. Giulio correu até o encantador e o agarrou pelo braço.

Com o toque quente de Giulio, o encantador começou a derreter, até se tornar nada mais do que uma poça no chão! Ao seu redor, o castelo de gelo tremeu e começou a desmoronar na neve. Enquanto o castelo desaparecia, os leopardos-das-neves corriam para a liberdade.

Os irmãos fizeram a longa jornada de volta para casa, cansados, mas felizes por estarem juntos outra vez. Quando voltaram, o príncipe sagrou os dois irmãos cavaleiros. Juntos, Sir Giulio e Sir Rodrigo defenderam o reino do perigo e viveram felizes para sempre.